LISA
SE REBELLE

BIOGRAPHIE

Bonnie Bryant est née et a grandi à New York, où elle vit toujours aujourd'hui avec ses deux enfants. Elle est l'auteur de nombreux romans pour la jeunesse mais aussi de novélisations de scénarios de films comme *Chérie, j'ai rétréci les gosses*. La série Grand Galop est née de la passion de Bonnie Bryant pour les chevaux. Cavalière expérimentée, elle dit néanmoins que les héroïnes du Grand Galop, Lisa, Steph et Carole, sont de bien meilleures cavalières qu'elle.

Avis aux lecteurs

Vous êtes nombreux à nous écrire
et nous vous en remercions.
Pour être sûrs que votre courrier arrive,
adressez votre correspondance à :

Bayard Éditions Jeunesse
Série Grand Galop
3/5, rue Bayard
75008 Paris

GRAND GALOP

LISA
SE REBELLE

BONNIE BRYANT

TRADUIT DE L'AMÉRICAIN
PAR ARNAUD GENEVOIS

BAYARD JEUNESSE

Merci à Caitlin C. Macy
qui m'a aidée à écrire ce livre.

Titre original
SADDLE CLUB n° 58
Wild Horses

© 1996, Bonnie Bryant Hiller
© 2002, Bayard Éditions Jeunesse
pour la traduction française avec l'autorisation de
Curtis Brown, Ltd
Loi n°49 956 du 16 juillet 1949
sur les publications destinées à la jeunesse.
Dépôt légal septembre 2002

ISBN : 2 747 004 69 4

Avertissement

Que tu montes déjà à cheval ou que tu en rêves,
que tu aimes le saut d'obstacle, la randonnée
ou la vie des écuries,
la série **Grand Galop** est pour toi.
Viens partager avec Carole, Steph et Lisa,
les secrets de leur centre équestre préféré.

Le Club du Grand Galop

Carole, Steph et Lisa
sont les meilleures amies du monde.
Elles partagent le même amour des chevaux
et pratiquent leur sport favori au centre équestre
du Pin creux. C'est presque leur unique sujet
de conversation. À tel point qu'elles ont créé
en secret le Club du Grand Galop.
Deux règles à respecter pour en faire partie :
être fou d'équitation
et s'entraider coûte que coûte.

1

— Il doit bien y avoir un truc qui te plaît dans la rentrée des classes, Steph! s'exclama Lisa Atwood.

Lisa et Steph étaient d'accord sur tout, sauf l'école. Steph la détestait, Lisa l'adorait; Steph y avait toujours des problèmes, Lisa collectionnait les mentions et les bonnes notes.

— Rien du tout, répondit Steph avec défi. J'y ai pensé, pensé et repensé, et il n'y a pas une seule raison pour que moi, Stéphanie Lake, je sois contente que l'été ait touché à sa fin.

Les deux filles étaient assises sur des bottes de foin au Pin creux, avec leur meilleure amie, Carole Hanson. C'est au Pin creux que toutes trois prenaient des cours d'équitation et que Carole et Steph gardaient leurs chevaux.

À propos de l'école, Carole était plus modérée que ses amies : elle ne la détestait pas, ne l'adorait pas non plus ; elle faisait ce qu'on lui demandait et s'en tenait là. De temps en temps, elle était même suffisamment intéressée par le sujet d'un cours pour oublier un instant les chevaux – mais cela ne durait jamais plus de cinq secondes !

– Tu as juste besoin d'un peu de temps pour te réhabituer, comme Lisa et moi, intervintelle, essayant d'avoir l'air de croire à ce qu'elle disait.

Carole et Lisa, qui allaient toutes deux à l'école publique de la ville, avaient repris les cours depuis une semaine déjà, alors que Steph n'était retournée à Fenton Hall, son école privée, que la veille.

— Oui, c'est ça ! Et dans quelques jours je serai tellement heureuse à l'école que je ne voudrai même plus faire de cheval, répliqua Steph avec ironie.

— Il doit bien y avoir un prof que tu aimes bien ! Ou plutôt que tu ne détestes pas trop, insista Lisa.

Elle avait bien fait de se reprendre : demander à Steph si elle aimait un professeur, c'était comme demander à quelqu'un s'il avait envie de manger des endives à chaque repas pendant toute l'année...

Tout en jouant avec une brindille de foin, Steph soupira :

— C'est facile pour toi de voir les choses du bon côté, Lisa ! Tu es amoureuse de l'école. Je te comprends, d'ailleurs. Tu es l'élève parfaite.

L'expression désespérée de Steph fit rire Lisa. Même si c'était exagéré de dire qu'elle était amoureuse de l'école, elle s'y sentait en effet très bien, et elle était chaque matin heureuse d'y aller. C'était d'ailleurs une des raisons pour lesquelles elle avait de si bonnes notes.

– Ça ne me fait pas plaisir de revoir les autres élèves, continua Steph. J'en ai marre d'être avec eux, je les connais depuis des années. Et, en plus, aujourd'hui, je n'ai pas arrêté de croiser qui-vous-savez.

Carole et Lisa sourirent, voyant très bien de qui Steph voulait parler : la fille la plus snob du Pin creux, Veronica Angelo. C'était déjà difficile de la supporter au centre équestre, alors la retrouver chaque jour à l'école… Veronica était vaniteuse, râleuse et désagréable, surtout envers le Club du Grand Galop, que Lisa, Steph et Carole avaient fondé. Heureusement, cette peste ne risquait pas d'en faire un jour partie !

Car il fallait deux conditions pour y entrer, et Veronica ne pouvait satisfaire à aucune des deux : elle n'était pas vraiment passionnée d'équitation, et pas du tout du genre à aider les autres en cas de besoin.

Bien sûr, elle faisait beaucoup de cheval, mais cela ne l'intéressait pas réellement. Un vrai amateur de chevaux aime tout ce qui les concerne : les monter, les entraîner, mais aussi les soigner, travailler à l'écurie, tout ! Mlle Angelo, elle, avait choisi l'équitation parce que c'était chic. C'était quelque chose dont elle et ses parents pouvaient se vanter devant leurs amis.

— Et les garçons ? Il n'y en a pas de mignons dans ton école ? demanda Carole.

Steph avait un petit copain, mais ça ne l'empêchait d'apprécier la compagnie de garçons sympas.

— Tu plaisantes ! Ceux qui sont là feraient passer Sam, Michael et Alex pour des bombes ! répondit Steph, profitant de l'occasion pour se moquer de ses trois frères, avec qui elle se disputait tout le temps. Dommage, ce serait une bonne raison d'aller à l'école ! Tiens, ça me rappelle qu'il y aura une fête de rentrée dans deux semaines. On dansera. Ils nous l'ont annoncé ce matin.

— Tu vois ! dit Lisa. Ça va être chouette !

— Ça le sera si les organisateurs sont bons ! J'aurais bien aimé que Phil et vous puissiez venir. Mais la soirée est réservée aux élèves de Fenton Hall.

Phil Marsten, le petit ami de Steph, qui vivait dans une ville voisine, était aussi un passionné de cheval.

— On aurait pu s'amuser, continua Steph. Vous imaginez, on se serait préparées ensemble, on serait allées chez le coiffeur...

— Oh, flûte ! s'exclama Lisa. J'avais oublié ! Je vais chez le coiffeur cet après-midi. Je devais appeler ma mère juste après notre balade pour lui dire de venir me chercher !

Au même moment on entendit un grand coup de klaxon, puis une voix de femme :

— Lisa ! Ma chérie ?

— Apparemment, ta mère en avait marre d'attendre ton coup de téléphone, rigola Carole.

— Eh oui ! Bon, à demain, les filles ! lança Lisa en sautant sur ses pieds.

— Même heure, même endroit, précisa Steph.

Le Club du Grand Galop avait l'habitude de se retrouver tous les jours au Pin creux après l'école.

Pendant que Lisa rassemblait ses affaires,

Carole lui demanda où elle allait se faire couper les cheveux.

— Mm… chez Alexandre, marmonna Lisa.

— Chez Alexandre ? répéta Steph. Le nouveau coiffeur super chic sur Pelham Street ?

Lisa fit oui de la tête, l'air penaud :

— Eh oui ! Ma mère y est allée il y a un mois. Elle m'a dit que c'était hyper beau et hyper cher. Ils te traitent comme une princesse, là-bas. Je crois que la première fois qu'on y va…

— Ça y est, je sais qui m'en a parlé ! la coupa Carole. Veronica ! Elle en était toute fière l'autre jour.

Steph confirma :

— Oui. Et c'est Alexandre lui-même qui lui coupe les cheveux. Elle refuse que ses assistants le fassent. Et toi, Lisa, c'est Alexandre qui va s'occuper de toi ?

— Aucune idée. C'est ma mère qui a pris le rendez-vous.

Manifestement, Lisa n'était pas du tout à l'aise pour parler de ça. D'un regard significatif, Carole fit taire Steph, qui s'apprêtait à commenter l'événement.

— Alors, amuse-toi bien, Lisa ! lança-t-elle.

— Je vais essayer, répondit Lisa en se dirigeant vers la voiture de sa mère.

— Pourquoi tu m'as regardée comme ça ? J'ai dit une bêtise ? demanda Steph à Carole une fois que Lisa fut assez loin pour ne pas les entendre.

— Non, c'était pour t'en empêcher ! Tu sais comment est Mme Atwood : Lisa est parfois embarrassée par ce qu'elle lui fait faire.

Steph voyait très bien ce que Carole voulait dire. Même si les Atwood n'étaient pas très riches, la mère de Lisa raffolait des endroits chic, et Lisa en subissait les conséquences : elle se retrouvait ainsi inscrite au cours de tennis ou de danse classique. Mme Atwood voulait que sa fille soit habillée comme un mannequin de catalogue de luxe. Et Lisa avait beau lui dire à quel point Veronica était pénible, Mme Atwood ne semblait pas l'entendre, elle admirait les Angelo pour leur situation et leurs relations mondaines.

Ce n'était donc pas étonnant de sa part d'emmener Lisa dans ce salon de coiffure très snob. Si Steph avait demandé ça à sa mère, Mme Lake aurait hurlé de rire !

— Puisqu'on parle de coiffures, enchaîna Carole, si on allait s'occuper de la crinière de Délilah ?

— Bonne idée. On a intérêt à s'y mettre avant le retour de Max, sinon il croira qu'on a passé l'après-midi à papoter.

Le Club du Grand Galop participait tellement souvent aux travaux du Pin creux que son propriétaire, Max Regnery, trouvait parfaitement normal que les filles y consacrent tout leur temps. Elles se levèrent donc précipitamment pour aller dans le box de la jument.

— Comme ça, Délilah n'aura pas besoin d'aller chez Alexandre ! plaisanta Carole en se mettant au travail avec Steph.

Installée dans le siège passager de la voiture, Lisa regardait défiler le paysage. Sa mère parlait avec excitation des femmes de la bonne société qui avaient pris l'habitude d'aller chez Alexandre. La jeune fille faisait semblant d'écouter pour mieux se perdre dans ses pensées. Elle était soulagée que sa mère fût venue la chercher et qu'elle ne semblât pas lui en vouloir d'avoir oublié de l'appeler. Elle n'aimait pas la décevoir. Sa mère faisait tellement d'efforts et de sacrifices pour donner à Lisa ce qu'elle pensait être le mieux !

Steph avait raison, le salon d'Alexandre était un endroit extrêmement élégant. Sa mère étant partie discuter avec un spécialiste de maquillage, Lisa s'assit sur un canapé en attendant que l'on s'occupe d'elle et regarda les lieux avec curiosité.

Elle repéra vite Alexandre lui-même : il faisait la conversation avec une bonne demi-douzaine de clientes à la fois, ce qui ne l'empêchait pas de couper les cheveux d'une autre en même temps. Il n'y avait qu'une seule fille du même âge que Lisa, et elle râlait auprès de sa mère pendant qu'on lui faisait un shampooing. Lisa se mit à écouter discrètement leur conversation :

— Et pourquoi je ne peux pas avoir mon propre cheval, maman ? Papa me l'a promis ! gémit la fille.

— Parce que tu dois d'abord prendre des leçons, répondit sa mère un peu brusquement.

— Si vous cherchez un club d'équitation, je connais une excellente adresse. C'est le Pin creux, intervint une femme depuis l'autre bout de la pièce.

— Je suis tout à fait d'accord, dit une troisième, qui était en train de se faire décolorer les cheveux. La petite Angelo est inscrite là-bas.

— Ah bon ? Elle monte au Pin creux ? demanda la mère de la jeune fille.

— Parfaitement. Il paraît qu'elle est la meilleure. Certes, le Pin creux n'est pas aussi chic que Clover Farm ou Hilldale, mais je peux vous assurer que ce Max Regnery connaît son métier !

— Et puis, c'est un très bel homme, appuya l'autre femme, ce qui, entre nous, ne gâche rien !

— Est-ce qu'il n'a pas épousé cette journaliste venue d'on ne sait où ? intervint Alexandre.

— Mais si ! Ce fut une cérémonie discrète, intime, à la ferme. On m'a raconté d'ailleurs...

Lisa ne put s'empêcher de rire dans son coin. Elle se demanda ce que Max dirait s'il savait qu'il était le sujet de ragots de salon de coiffure ! Et c'était vraiment trop drôle que toutes ces femmes croient que Veronica était la meilleure cavalière ! Une telle rumeur ne pouvait venir que de Veronica elle-même ou de sa mère !

Lisa fut interrompue dans ses pensées par une femme venant lui apporter une blouse pour protéger ses vêtements.

— Veuillez me suivre, Mademoiselle Atwood, fit-elle.

Pendant une heure, Lisa profita de tout ce qu'un salon aussi luxueux que celui d'Alexandre pouvait offrir.

— Alors, ma chérie, qu'est-ce que tu en penses ? lui demanda sa mère alors qu'elles regagnaient la voiture. N'était-ce pas merveilleux ?

Lisa réfléchit avant de répondre. En lui-même, l'après-midi avait été parfait. Mais la coupe de cheveux, elle, n'était pas très différente de celles qu'on lui faisait d'habitude, sauf qu'elle avait coûté trente dollars de plus. Néanmoins, ne voulant pas avoir l'air de manquer de reconnaissance envers sa mère, la jeune fille répondit :

— C'était... très bien. Merci beaucoup, maman !

— Je suis contente que ça t'ait plu ! Je voulais que tu sois la plus belle pour ton entretien de samedi.

— Un entretien ? Quel entretien ? demanda Lisa, soupçonneuse.

Sa mère avait tendance à l'inscrire à des activités de toutes sortes sans lui demander son avis. Et c'était la première fois qu'elle entendait parler d'un entretien.

— Ah, je ne t'ai pas dit ? Nous allons à Wentworth Manor ce week-end. On nous fera visiter et, ensuite, tu passeras un entretien.

Lisa fronça les sourcils. Elle n'était pas sûre d'avoir bien saisi, d'autant qu'elle ne savait pas du tout ce qu'était Wentworth Manor.

— Maman, c'est quoi, ce Manor-quelque-chose ? Et pourquoi est-ce que je devrai y passer un entretien ?

— C'est une des plus prestigieuses écoles de filles de l'État, ma chérie ! Nous avons beaucoup de chance qu'ils aient accepté de te recevoir.

— C'est loin d'ici ?

— C'est à Richfield, à peu près à deux heures de Willow Creek.

— Attends ! Je ne comprends pas, s'inquiéta Lisa. Nous allons déménager ?

Cette question fit rire Mme Atwood :

— Pas du tout, ma chérie ! Ton père et moi sommes très heureux ici.

— Alors pourquoi est-ce que je passerais un entretien à une école où, de toute manière, je n'irai pas ?

Sa mère avait déjà eu des idées un peu folles, mais, là, elle semblait s'être surpassée.

— Ils ont un internat. Les élèves vivent là-bas.

Lisa s'arrêta net :

— Tu… tu as décidé de m'envoyer dans un internat ?

— C'est juste un entretien, ma chérie. Si tu n'aimes pas cet endroit…

— Mais je suis très bien dans mon école ! Pourquoi j'irais là-bas ?

— C'est une excellente école, qui jouit d'une grande renommée dans la région. Nous voulons le meilleur pour toi. Le simple fait d'avoir un entretien là-bas est un honneur dont tu devrais être fière, lui fit remarquer un peu sévèrement Mme Atwood.

Lisa ouvrit la bouche pour répondre, mais, sous le choc de la nouvelle, ne trouva rien à dire. Sa mère continua :

— Écoute, ma chérie, il est probable que tout cela ne donne rien ; alors, ce n'est pas la peine de se poser trop de questions. Comme la directrice a accepté de te voir, autant essayer, non ? Tu ne le sais peut-être pas, mais Wentworth est aussi un lieu idéal pour faire du cheval. Ça te plaira, j'en suis sûre.

Sur ce, elle monta dans la voiture. Lisa

s'assit à côté d'elle et resta silencieuse pendant que la voiture démarrait. La tête lui tournait. Sa mère n'avait pas eu d'idée aussi farfelue depuis bien longtemps ! Lisa ne pouvait pas imaginer vivre en internat. Plutôt aller sur la Lune ! Soudain, elle pensa aux frais d'inscription à une école de ce genre : cela devait coûter une fortune. Beaucoup plus qu'une coupe de cheveux, même chez Alexandre !

— Dis, maman ? Une école comme celle-ci n'est pas un peu chère ? demanda-t-elle.

La question eut l'air d'exaspérer Mme Atwood :

— Eh bien… si. De toute façon, il faut d'abord voir si tu t'y plais. Je me disais que tu pouvais passer quelque temps là-bas avec d'autres élèves pour te faire une idée. Samedi après-midi, elles te montreront les écuries. Imagine un peu ça, Lisa ! Les célèbres écuries de Wentworth ! Il paraît qu'elles sont magnifiques.

Lisa regarda sa mère : elle avait les yeux fixés sur la route et, sur le visage, son expression « ne pense-même-pas-à-me-dire-non ». Lisa savait qu'elle devait sans attendre mettre fin à cette histoire. Elle hésitait pourtant, ne voulant pas briser le rêve de sa mère. Après tout, une journée à Wentworth Manor, ce n'était pas la mer à boire. Et puis elle avait envie de voir les écuries.

De plus, y avait-il une raison de s'inquiéter ? Pour la première fois de sa vie, elle n'était pas mécontente de ce que ses parents n'aient pas beaucoup d'argent. Avec un soupir résigné, elle finit par dire à sa mère ce que celle-ci voulait entendre :

— C'est vrai, maman. Ça peut être très bien.

Tout en finissant son chemin, elle élabora une ligne de défense aberrante et compliquée. Entrant dans le bureau de Mme Fenton, elle démarra au quart de tour, sans même dire bonjour :

— Je sais, Madame Fenton, je sais bien que ça ressemblait à une injure, mais, sincèrement, ce n'en était pas une ! Il ne faut pas se fier aux apparences ! J'adore le papier peint ! C'est une véritable passion, dans toute la famille ! Vous devriez voir chez nous, on en a du magnifique, différent dans chaque pièce ! Vraiment, quand j'ai dit à Veronica que…

— Pour l'amour du ciel, Stéphanie, de quoi parles-tu ?

— Que sa nouvelle robe était… Euh… Vous voulez dire que… vous ne saviez pas, pour le papier peint ?

— Quel papier peint ?

— Aucun, aucun papier peint. Qui s'intéresse au papier peint, d'abord ? Je vous écoute, Madame Fenton. Pourquoi m'avez-vous fait venir ?

La directrice regarda Steph quelques instants, semblant se demander si son élève n'avait pas perdu la tête. Puis elle commença :

— Je voulais te proposer de prendre en charge l'organisation de la fête de rentrée.

Steph se leva d'un bond :

— Moi ? Super ! Merci ! C'est génial ! Mais... et l'ancien comité ?

— Ils en ont assez. Cela fait des années qu'ils s'en occupent... Et puis, un peu de sang neuf ne fera pas de mal à cette fête. J'ai donc pensé à toi. Il te faudra une assistante, cela représente pas mal de travail. Si tu es d'accord, bien entendu !

— Et comment ! s'exclama Steph avant de se reprendre : Oui, j'accepte avec joie, Madame Fenton !

— Tu devras penser à un thème pour la soirée, à la décoration de la salle, à la nourriture, à la musique... Entendu ?

— Entendu... Juste une question : pourquoi avez-vous pensé à moi ?

Pour la première fois depuis le début de

l'entretien, Mme Fenton sourit :

— Parce que je crois que l'on peut compter sur toi pour mettre de la vie dans cette soirée…

— Ça, c'est sûr ! Je vous promets que les élèves vont s'amuser comme des fous !

— Pas trop fous, quand même, Stéphanie… Certains parents vont se déplacer. Bien, tu peux y aller. Tiens-moi au courant !

Steph était si excitée qu'elle faillit en oublier de dire au revoir. Organiser la fête de rentrée était un grand honneur. Ceux qui l'avaient fait jusque-là jouissaient d'un réel prestige dans le lycée. Mais surtout, Steph savait qu'elle était la personne idéale pour une telle entreprise, et qu'elle allait y prendre beaucoup de plaisir.

— Ça va être cool ! s'écria-t-elle.

— Quoi donc ?

Steph se retourna et découvrit une amie de Veronica.

— Ah, Sarah… Mme Fenton m'a confié l'organisation de la fête, dit-elle sans avoir l'air d'y attacher de l'importance.

— Ah bon ! Toi ?

— Eh oui…

— Tu as déjà choisi ton assistante ?

— Non. Ça ne va pas être facile de décider…

— Eh bien… tu devrais prendre Veronica, elle serait parfaite.

Steph faillit éclater de rire. Mais elle réussit à garder son sérieux :

— Merci, Sarah. J'y réfléchirai.

Après avoir quitté Sarah, Steph gloussa. Veronica serait bien la pire des assistantes : elle accepterait la proposition juste pour qu'on parle d'elle ; mais, comme elle était paresseuse, tout le travail reviendrait à Steph…

Steph s'assura que personne ne l'écoutait, et conclut :

— Prendre Veronica pour assistante ? Quand les poules auront des dents !

— Qu'est-ce que Steph peut bien être en train de faire ? se demanda Carole.

Elle et Lisa s'entraînaient avec leurs chevaux, Diablo et Prancer. Prancer n'appartenait pas à Lisa, mais la jeune fille la montait si souvent qu'elle la considérait presque comme sa jument.

— Tu te débrouilles bien ! la félicita Carole.

Lisa rougit de plaisir. Carole était tellement douée pour l'équitation que le compliment lui alla droit au cœur.

— Merci.

— Tu sais ce qui serait chouette ? C'est de passer toute la journée de demain à s'exercer plus sérieusement.

Lisa s'immobilisa, gênée par cette proposition :

— Heu... Je ne pourrai pas venir. Tu n'as qu'à demander à Steph.

— Tu as quelque chose d'important à faire demain ? s'étonna Carole.

Ce n'était pas le genre de Lisa de refuser une occasion de monter !

Lisa était manifestement embarrassée :

— Je... je vais à Wentworth Manor.

— À Wentworth Manor ? Pour quoi faire ?

— Ben... Ma mère tient à ce que je passe un entretien là-bas.

— Tu veux dire qu'elle aimerait que tu ailles dans cette école ?

— Non, mes parents ne pourront jamais me payer ça, et moi je n'ai aucune envie d'y aller, mais tu connais ma mère. Quand elle a une idée… Enfin, j'aurai juste à visiter l'endroit… Il paraît que les écuries sont superbes.

Carole faillit conseiller à Lisa de dire à sa mère ce qu'elle en pensait, mais elle se retint. Elle n'avait pas à intervenir dans cette affaire ; après tout, Lisa savait mieux que personne comment composer avec Mme Atwood. Elle changea donc de sujet et demanda à Lisa comment s'était passé son rendez-vous chez Alexandre.

— C'était marrant ! En fait, ce sont les clientes qui sont drôles.

Elle raconta à Carole ce qu'elle avait entendu au salon de coiffure, et notamment le fait que Veronica y passait pour la meilleure élève du Pin creux.

— La meilleure élève ! s'indigna Carole. La plus vaniteuse, oui !

Après quelques exercices avec Prancer et

Diablo, elles se séparèrent, renonçant à attendre Steph plus longtemps. Lisa devait aller à un cours de danse ; Carole resta pour s'occuper des chevaux. Elle dessellait Diablo quand Mme Reg, la mère de Max, vint lui rendre visite :

— Alors, Carole, l'entraînement s'est bien passé ?

— Très bien, Madame Reg !

— Je n'ai pas vu Steph, aujourd'hui ! C'est normal ?

— Elle a dû être retenue à l'école par un de ses professeurs... Dites, Madame Reg, est-ce que vous avez entendu parler de Wentworth Manor ?

— Bien sûr ! Soixante chevaux, un domaine de je ne sais plus combien d'hectares...

— Non, je voulais parler de l'école. Vous la connaissez ?

— Ah, l'école ! Eh bien... je crois qu'elle n'est pas fameuse.

— Ah bon ?

— Oui, c'est une école de gamines riches et snobs, et qui font du cheval juste parce que c'est chic, pour impressionner… En tout cas, c'était la réputation de Wentworth de mon temps. Peut-être que maintenant c'est vraiment une bonne école, je ne sais pas. Pourquoi poses-tu ces questions ?

— Oh, comme ça. Par curiosité…

Mme Reg adressa un regard dubitatif à Carole :

— Tu ne penses pas aller t'inscrire là-bas, j'espère ?

— Oh non ! Bien sûr que non…

— Tant mieux. Je ne crois pas que leur enseignement en vaille la peine !

— Et ça concerne aussi l'équitation, n'est-ce pas ?

— Cela va sans dire, ma chérie…, conclut Mme Reg avec un clin d'œil.

Carole la regarda partir en souriant. La mère de Max était très sympathique !

En finissant de panser les chevaux, Carole se sentit inquiète : pourvu que Lisa ne soit pas obligée d'aller à Wentworth Manor ! Si ce que Mme Reg venait de lui dire était vrai, elle y serait trop malheureuse.

3

— Haut les mains !

Carole sursauta.

— Je t'ai fait peur ! Je t'ai fait peur ! s'écria Steph.

— C'est malin…

— Désolée d'être en retard, mais j'ai une super nouvelle !

— J'espère !

— Où est Lisa ? Il faut qu'elle sache aussi !

— Elle est partie.

— Déjà ? Tant pis, je le lui dirai demain…

— Elle ne sera pas là non plus. Figure-toi que sa mère lui fait passer un entretien à Wentworth Manor !

— Quoi ? Tu plaisantes ! C'est n'importe quoi ! Wentworth est la pire usine à snobs de la région ! Les filles y sont tellement riches qu'elles font peur !

Steph avait l'air de savoir des choses sur Wentworth.

— À ce point-là ? Tu y connais quelqu'un ? demanda Carole.

— Oui, il y avait une fille à Fenton, qui a été mise à Wentworth par ses parents. Veronica n'arrêtait pas de me parler d'elle, c'était une de ses copines. Comme si j'avais dû trouver fantastique qu'elle ait une amie dans cette école chic… C'est terrible, tout ça. Oh là là ! Il faut convaincre Lisa de ne pas gâcher son week-end en allant là-bas.

— Je ne suis pas sûre qu'elle ait très envie de s'opposer à sa mère !

— D'accord, mais elle n'aimerait pas non plus aller dans une école remplie de Vero…

— Vous parlez de moi? Je sais que je suis quelqu'un d'intéressant, mais vous pourriez trouver d'autres sujets de conversation de temps en temps..., les interrompit une voix perçante.

Veronica! Steph et Carole ne l'avaient pas vue entrer. Après un moment de silence gêné, Steph reprit ses esprits :

— On partait, de toute manière. On étouffe ici !

— Tu trouves? demanda Veronica. Dans ce cas, je pense que tu seras contente d'apprendre qu'il y aura juste deux ou trois personnes à ta fête de rentrée... Tu ne seras pas étouffée par la foule !

— Et pourquoi ça?

— Déjà, il n'y aura pas de garçons... Tu crois qu'ils voudront venir à une fête organisée par un garçon manqué comme toi ?

Steph s'arrêta sur le pas de la porte, furieuse.

— C'est dommage que cette fête t'attire si peu, Veronica, lança-t-elle. Oui, c'est vraiment dommage... Figure-toi que j'allais justement te demander d'être mon assistante !

Sans laisser à Veronica le temps de réagir, elle sortit, suivie par une Carole décontenancée :

— Qu'est-ce que tu as voulu dire ?

— Elle est jalouse ! Elle est jalouse !

— Mais de quoi tu parles ? Explique-moi !

— Désolée. Je savourais un peu ce moment…

Steph finit par raconter à Carole son entretien avec Mme Fenton.

— C'est super ! s'exclama Carole. Mais tu ne penses pas sérieusement faire équipe avec Veronica ?

— Je plaisantais, bien sûr ! Qu'est-ce que tu crois ? Que je suis complètement folle ?

— Ben, parfois, on peut se demander…

— Rassure-toi, je ne lui ferai pas ce plaisir… Oh là, il est déjà cinq heures et demie ! Je n'ai plus le temps de monter Arizona, il faut que je rentre… Écoute, on se voit demain, et le soir on appelle Lisa pour savoir comment ça s'est passé à son école de frimeuses… J'espère qu'ils ne voudront pas d'elle !

— Moi aussi ! Tu imagines ? La pauvre…

4

La beauté du paysage faisait presque oublier à Lisa ce qui l'attendait. La route vers Wentworth Manor était superbe et la campagne, luxuriante en cette journée de fin d'été. Si le voyage était sans doute complètement inutile, il n'était pas désagréable. « Ce serait chouette de venir avec les autres membres du Club et de monter à cheval par ici, galoper avec Prancer à travers les plaines… », pensa la jeune fille.

— Nous y sommes presque ! Tu n'es pas trop nerveuse, ma chérie ? demanda sa mère, mettant brutalement fin à la rêverie de Lisa.

— Non, maman. Je devrais ?

— Avant un entretien comme celui-ci…

— Ce n'est pas comme si ça avait une réelle importance…

— Il ne faudrait pas faire mauvaise impression ! la coupa Mme Atwood avec sérieux. Cela dit, je sais que tu seras parfaite. J'ai confiance en toi.

— Tu peux, maman, répondit Lisa.

« Mais c'est bien pour te faire plaisir », ajouta-t-elle mentalement.

— C'est vrai, après tout, on ne sait jamais ce qui peut se passer…, continua sa mère, songeuse.

Ce dernier commentaire aurait pu inquiéter Lisa. Elle décida de ne pas le relever, et laissa sa mère s'imaginer des choses. D'ailleurs, elles arrivaient à Wentworth Manor.

Le décor était grandiose, les bâtiments immenses. Lisa souffla, impressionnée :

– Que c'est beau !... On se croirait dans *Autant en importe le vent*...

– Tu vois, ma chérie ! J'étais sûre que ça te plairait... Si seulement ils pouvaient t'accepter !

– Une seconde, maman, ! J'ai juste dit que...

Lisa ne finit pas sa phrase, car une sonnerie retentit dans la cour. Elle vit les élèves sortir de l'école, toutes habillées de la même manière.

– Elles doivent porter un uniforme ? demanda-t-elle, n'imaginant pas qu'elle-même pourrait se déguiser comme ça un jour.

– N'est-ce pas charmant ? Ça leur donne un genre...

– Un certain genre, oui...

– Allez, viens, il ne faut pas être en retard !

Dans ce milieu chic, Mme Atwood était comme un poisson dans l'eau. Lisa, elle, ne se sentait pas du tout à l'aise. Dans la salle d'attente du bureau de la directrice, sa mère n'arrêtait pas d'énumérer les qualités de Wentworth Manor.

— Tu n'es pas excitée par tout ça, ma chérie ?
Ah, moi, si j'étais à ta place… Toutes ces
filles sont tellement bien élevées…

Lisa, qui les trouvait plus hautaines et snobs
que charmantes, décida une fois encore de
ne pas contrarier sa mère. Une femme sortit
à ce moment du bureau, accompagnée par
une élève.

— Madame Atwood, Lisa, je vous présente
Sally. Elle va vous faire visiter l'école.
Quand vous aurez fini, Mme Cushing
recevra Lisa.

— Enchantée de faire votre connaissance,
Madame Atwood, fit la jeune Sally en ten-
dant à la mère de Lisa une main fraîchement
manucurée et en exhibant un sourire poli.

Lisa essaya de ne pas juger tout de suite
cette fille… mais ce qu'elle montrait au premier abord correspondait trop à ses pires
craintes, que la suite allait confirmer.

En ce qui concerne l'école elle-même, Lisa
reconnut qu'il y avait des choses intéres-
santes. Les classes étaient spacieuses et en
très bon état, la salle de spectacles gigan-

tesque et, surtout, on avait toujours sous les yeux les magnifiques paysages alentour. Cependant cela n'empêchait pas Lisa de ressentir une impression de froideur, comme si personne n'était vraiment heureux ici. On se croyait presque dans un hôpital. Tout le monde parlait à voix basse, de peur peut-être de se faire remarquer. C'était tellement différent de la petite école de Willow Creek, où les couloirs étaient toujours pleins d'une joyeuse animation...

Quant à Sally, ce n'était pas qu'elle disait des choses énervantes ; mais tout son comportement glaçait Lisa : elle semblait vouloir maintenir à tout prix une distance avec la « nouvelle », qui peut-être n'allait même pas devenir une élève de Wentworth...

« C'est une snob, décréta Lisa. Elle garde ses distances parce qu'elle n'est pas sûre que je sois acceptée dans cette école. » En tout cas, le sourire figé qu'elle arborait en permanence lui servait beaucoup plus à souligner tout ce qui la distinguait de Lisa qu'à lui témoigner de la sympathie.

C'est donc de plus en plus convaincue qu'elle n'avait rien à chercher dans cette école que Lisa aborda son entretien, après que sa mère lui eut solennellement souhaité bonne chance. La discussion avec Mme Cushing fut surprenante. Il s'agissait en réalité d'un monologue : la directrice parlait, ne posait même pas de questions à Lisa sur ses études, sur sa motivation, ce qu'elle voulait faire dans la vie... Elle se comportait comme si Lisa était déjà prise à Wentworth, alors qu'elle devait bien savoir que les Atwood n'avaient pas de quoi payer les frais de scolarité dans un endroit pareil. Elle expliquait les très strictes règles qui étaient en vigueur dans son établissement, donnant un instant l'impression à Lisa d'être elle-même quelqu'un d'indiscipliné. « Steph va beaucoup rire quand je lui raconterai », pensa-t-elle avec amusement.

Mais Lisa n'eut pas trop le temps de se demander pourquoi Mme Cushing lui parlait de tout ça, car d'un coup l'« entretien » fut terminé, et la directrice la congédia avec un sourire sans chaleur. La corvée était finie ! Comme il semblait que Mmes Atwood et Cushing avaient à parler, Lisa reprit sa visite de Wentworth avec Sally, toujours aussi souriante et aussi glaciale. Lisa se fit conduire aux écuries.

— Elles sont magnifiques ! s'exclama Lisa.

— Oui, nous les aimons bien, répondit Sally avec un rien de dédain.

Lisa ne savait pas ce qu'elle devait admirer le plus : la qualité des installations, grandes, propres, modernes, ou la beauté des chevaux, presque tous de magnifiques pur-sang. Pour tout dire, les installations étaient même un peu trop propres, comme si personne ne se servait jamais des chevaux. Mais elle n'allait pas tout critiquer, elle pouvait bien considérer sa présence ici comme une récompense après ce qu'elle venait de subir.

— Et ton cheval, c'est lequel ?

— Cotton ? Oh, je ne sais pas où il est... Quelqu'un doit être en train de s'entraîner avec... Tant pis.

— Oui, tant pis.

Sally ne savait même pas où était son cheval ! « Et voilà un sujet de conversation en moins ! » pensa Lisa. À ce moment, une fille s'arrêta devant eux, non sans brusquer un peu le cheval qu'elle montait :

— Sally ! Comment ça va ?

— Ah, Ashley, bonjour ! Je te présente Lisa Atwood, de Willow Creek. Comme elle fait de l'équitation, je lui montre notre petit domaine…

— Willow Creek ? C'est vrai ? J'y ai vécu ! C'est nul, hein, là-bas ?

— Euh…

— Mais, au moins, on peut y faire du cheval. Comment s'appelle le tien, Lisa ?

— Je… je n'en ai pas.

— Ah bon ! s'écrièrent les deux filles.

Sentant leur regard sur elle, Lisa se dépêcha d'enchaîner :

— J'en monte un là où je prends mes cours, au Pin creux.

— Alors, répondit Ashley, tu dois connaître Veronica Angelo ! C'est une de mes meilleures amies !

— Oui, je la connais.

Ça, pour la connaître...

— Buster, arrête ça tout de suite !

Lisa ne comprit pas pourquoi Ashley grondait son cheval, qui avait juste bougé un peu, comme il est normal pour les chevaux subitement arrêtés après un galop.

— Ah, Lisa, si tu viens à Wentworth, tu pourras m'acheter Buster, et pour pas cher ! Tu as vu comme il était mal élevé ? Hein, vilaine bête !

Lisa serra les poings pour ne pas exploser. Cette fille ne connaissait manifestement rien aux chevaux, et elle se permettait de maltraiter le pauvre Buster, qui avait l'air si gentil... Du coup, elle comprit l'inutilité de ces si splendides installations : mieux valait monter au Pin creux, où les gens respectaient leurs chevaux. Ici, c'était vraiment du gâchis...

— On va y aller, Ashley, dit Sally. La mère de Lisa doit l'attendre.

— D'accord, mais promets-moi de venir dans ma chambre ce soir, j'ai une nouvelle idée de coiffure...

— Bien sûr ! À ce soir !

— Et au revoir, Lisa, heureuse de t'avoir rencontrée. Passe mon bonjour à Veronica !

— Avec plaisir ! La prochaine fois que je la verrai, répondit Lisa.

« Le plus tard possible, j'espère », pensa-t-elle...

Dès le départ d'Ashley, Sally se mit à parler avec volubilité à Lisa. Le fait que celle-ci connaisse une amie d'Ashley semblait l'avoir impressionnée. Comme si, étant donné que Lisa était presque de son monde, elle avait pu enfin être gentille avec elle. Malheureusement, ces bonnes intentions ne rendaient pas sa conversation plus intéressante, et Lisa fut soulagée de retrouver sa mère. Il lui fallut encore patienter une dizaine de minutes, pendant lesquelles Sally et Mme Atwood échangèrent des compliments et des banalités à n'en plus finir.

« Ouf ! Le mauvais moment est passé ! » se dit Lisa quand elles se furent enfin séparées. Elle avait fait ce que sa mère lui avait demandé, essayé de donner la meilleure impression possible, supporté d'abord la morgue, puis les flatteries de Sally… Maintenant elle attendait avec impatience le retour au Pin creux, les retrouvailles avec Carole, Steph, et bien sûr Prancer !

— Alors, ces écuries ?

— Elles sont bien, maman.

— Seulement bien ? J'avais entendu dire qu'elles étaient exceptionnelles.

— Elles le sont.

— Donc, tu as aimé cette école ?

Il y eut un silence. Lisa en avait un peu marre des questions de sa mère. Mais, si elle lui répondait la vérité, elle aurait droit à un discours pendant tout le trajet du retour, sur la beauté de Wentworth, le privilège d'y avoir eu un entretien, d'avoir visité cet endroit merveilleux et tellement chic… Pour éviter ça, Lisa répondit à sa mère sans oser la regarder en face :

— Oui, maman. C'est très chouette.

Et cela mit effectivement fin à la discussion. Si Lisa avait su…

5

— Alors, Lisa, cette journée à Wentworth ?
Steph et Carole brûlaient de savoir comment
s'était passée sa visite. Le samedi soir, Lisa
ne voulait plus penser à Wentworth, et
n'avait donc pas appelé ses amies. Mais elle
était venue au Pin creux tôt le dimanche
matin, et les y avait retrouvées. En ce
moment, elles nettoyaient l'écurie, ce qui
leur permettait à la fois de se rendre utiles et
de papoter.

— Eh bien, commença Lisa, c'est une école très imposante, avec les plus belles écuries que j'aie jamais vues.

— Et… et les filles ? demanda Carole.

— Horribles ! Je n'arrêtais pas de me dire que si toutes les filles riches étaient comme ça, je voulais ne jamais avoir d'argent !

Elle raconta à Steph et Carole sa rencontre avec Ashley et Sally, et leur comportement, surtout celui d'Ashley à l'égard du pauvre Buster.

— Ashley Briggs ! s'écria Steph. C'est la fille dont je te parlais vendredi, Carole. La copine de Veronica !

— Oui, confirma Lisa. Elle m'a d'ailleurs demandé de lui passer le bonjour…

— Eh bien, tu vas pouvoir le faire tout de suite, car la voilà, murmura Carole.

En effet, Veronica entrait dans l'écurie :

— Ne vous dérangez pas pour moi. Je viens juste chercher une fourche.

— Une fourche ? Mais pourquoi ? demanda Carole.

Elle ne voulait pas être méchante, mais,

comme Veronica ne faisait jamais le moindre travail au Pin creux, se déchargeant sur les autres, l'entendre demander un outil ne pouvait que surprendre.

— Oui, une fourche. En arrivant, j'ai remarqué que le box d'Arizona était un peu sale. Alors, je me suis dit que ça ferait plaisir à Steph si j'arrangeais ça.

— Quoi ?

— Hein !

— Mais oui, pourquoi pas ? Comme si les efforts me faisaient peur ! Alors, cette fourche ?

Après un bref silence, Lisa répondit :

— Veronica, les fourches et les balais ne sont pas ici.

— Ah bon ?

— Oui. Tu les trouveras dans le débarras, au bout de cette allée, à droite.

— Ah, d'accord.

Il y eut un nouveau moment de gêne. Pour y mettre fin, Lisa enchaîna :

— Au fait, Veronica, hier j'ai rencontré une amie à toi. Ashley Briggs. Elle te dit bonjour.

— Où est-ce que tu as pu voir Ashley ? s'exclama Veronica, retrouvant sous le coup de la surprise son attitude méprisante.

— Eh bien, répondit Lisa, je passais un entretien à Wentworth Manor.

— Comment ça ? Pourquoi ?

Veronica semblait presque en colère.

— Ma mère le souhaitait, dit simplement Lisa.

— Ta mère ! C'est bien une des choses les plus ridicules que j'aie entendues depuis longtemps ! Vous êtes complètement folles !

Sur cette injure, Veronica s'empressa de sortir, laissant les filles abasourdies.

— Est-ce que quelqu'un peut m'expliquer ce cirque ? demanda Carole.

— Oui, moi, fit Steph. Mais d'abord, à cheval !

Quelques minutes plus tard, les filles commençaient une agréable balade, heureuses de se retrouver enfin toutes les trois, avec Arizona, Prancer et Diablo…

— Alors, que voulez-vous savoir d'abord ?

demanda Steph : pourquoi Veronica faisait la gentille au début, ou pourquoi elle pète les plombs d'un coup ?

— Pour le début, je pense que j'ai compris, répondit Carole. C'est lié à la fête ?

— Exactement. Hier, elle m'a harcelée, elle veut à tout prix être mon assistante. Pour me débarrasser d'elle, je lui ai répondu que je la choisirais si elle me prouvait qu'elle était une vraie bosseuse. Apparemment, elle m'a prise au mot...

— Mais de quoi vous parlez ?

Carole et Steph expliquèrent la situation à Lisa, non sans se payer la tête de Veronica.

— Donc, elle essaie de te convaincre qu'elle est capable de travailler dur ? conclut Lisa.

— Oui... Et j'avoue que je vais me régaler à la voir travailler, travailler, travailler...

— Oui, ce sera marrant. Ça ne lui fera pas de mal, ni d'ailleurs au Pin creux. Déjà, aujourd'hui, elle a appris où on rangeait les outils...

Les filles se turent quelques instants. Elles abordèrent ensuite l'autre partie de l'énigme : pourquoi Veronica s'était subitement mise en colère ? Là encore, Steph connaissait la réponse :

— Figurez-vous qu'elle a essayé d'entrer à Wentworth, et qu'ils n'ont pas voulu d'elle !

— Ah bon !

— Tu es sûre ?

— Oui ! Elle a bel et bien passé un entretien là-bas.

— Et qu'est-ce qui est arrivé ? Avec tout l'argent qu'a son père, ils auraient dû l'accepter sans problème. J'ai rencontré la directrice, Mme Cushing. Elle aurait été ravie d'avoir une Angelo comme élève.

— Sans doute. Sauf que… Veronica et sa mère ont réussi à se disputer juste devant son bureau !

— Non !

— Si ! Et Veronica s'est tellement énervée qu'elle a cassé un vase, pile au moment où Mme Cushing venait à leur rencontre ! Alors, naturellement, après ça… C'est ma mère qui m'a raconté cette histoire, ils en ont parlé à l'association des parents d'élèves de notre école. Du coup, Veronica déteste Wentworth. Comme vous avez vu tout à l'heure, il suffit d'en parler devant elle pour l'énerver…

De retour au Pin creux, les trois amies trouvèrent Veronica qui les attendait, un large sourire aux lèvres :

— Alors, votre balade ?

— C'était super. Et toi, tu as pu monter un peu Condor, ou tu étais trop occupée à travailler aux écuries ?

— J'étais trop occupée, Steph. Tu vas voir, Arizona a une maison toute propre maintenant…

— Eh bien, merci, fit Steph, à la fois gênée de devoir remercier Veronica et toute contente de l'avoir obligée à travailler…

— Oh, ce n'est rien, vraiment, ça me faisait plaisir… Très jolie coiffure, Lisa !

— Merci…

— Où tu as été ?

— Chez Alexandre.

— Ah bon ! s'écria Veronica, sans réussir à

cacher son étonnement. C'est un très bon choix. Ma mère et moi allons là chaque semaine…

— Justement, la voilà, l'interrompit Carole.

— Alors, je vous laisse, les filles, portez-vous bien !

— Tu viens demain, Veronica ? demanda Steph. Il y a encore plein de boulot ici, tu sais…

Veronica s'appliqua à transformer la grimace qui lui avait tordu les lèvres en un sourire crispé :

— Oui, bien sûr… Je suis une vraie travailleuse, quand je m'y mets.

— Nous verrons ça, répondit Steph d'un ton neutre.

Mais dès le départ de Veronica avec sa mère, les trois copines éclatèrent de rire.

— Elle est quand même incroyable ! s'exclama Carole. Prête à tout pour participer à l'organisation de la fête de rentrée ! Steph, tu pourras la faire tourner en bourrique. Ce ne sera que justice.

— Il y a un truc que je ne comprends pas, dit

Lisa. Pourquoi elle est gentille avec moi aussi ?

— Parce qu'elle a peur que tu la regardes de haut si jamais tu es prise à Wentworth, répondit Steph. Et même que tu médises d'elle là-bas. Elle en serait malade !

— Vous vous rendez compte, les filles ! intervint Carole. Veronica est obligée de faire semblant d'être sympathique avec deux d'entre nous ! Et pour rien !

— Ça, c'est sûr, confirma Steph. Car avant que je la prenne comme assistante...

— Et avant que j'aille à Wentworth..., conclut Lisa dans un éclat de rire.

6

— Au revoir, Madame Dolan! À demain!
Lisa descendit du bus scolaire, tout heureuse. La journée s'était très bien passée.
Après son passage à Wentworth Manor,
elle avait encore plus apprécié son école,
beaucoup moins chic, mais tellement plus
sympa! En un sens, sa mère n'avait pas
tort: avoir eu un entretien à Wentworth
était une bonne chose. Lisa réalisait maintenant à quel point elle aimait son univers,

à quel point elle appartenait à Willow Creek.

Et comme elle allait tout de suite filer au Pin creux retrouver Prancer et ses amies, elle était de très bonne humeur. Elle avait juste le temps de se changer.

— Ma chérie ! Enfin ! Ah, ma chérie !

Dès son entrée dans la maison, sa mère s'était jetée sur elle, l'air bouleversé.

— Qu'est-ce qu'il y a, maman ? Quelque chose ne va pas ?

— Au contraire, tout va bien ! C'est trop beau ! Je ne peux pas y croire !

— Mais explique-moi !

— C'est... c'est ce dont nous avons toujours rêvé, ton père et moi. Tu as droit à une bourse ! On aura de l'argent pour payer tes études !

— Heu...

— Tu ne comprends pas ce que ça veut dire ? Tu es prise à Wentworth !

Allongée dans son lit, Lisa regardait le plafond, encore sous le choc de cette nouvelle.

« Tu as droit à une bourse… Ce dont nous avons toujours rêvé… Tu es prise à Wentworth… Tu es prise à Wentworth… Tu es prise à Wentworth… » Les mots de sa mère lui revenaient sans cesse à l'esprit, elle n'arrivait pas à penser à autre chose. Serait-elle vraiment obligée d'aller vivre dans cette école, avec toutes ces horribles filles ? Rien que d'y penser, elle sentait les larmes monter. Elle essayait de résister, de ne pas se mettre à pleurer…

— Lisa ! Ton père est rentré ! À table !

Lisa se leva d'un bond. Cela faisait presque trois heures qu'elle ressassait cette mauvaise surprise. Elle en avait complètement oublié d'aller au Pin creux. Après lui avoir annoncé l'« heureuse nouvelle », sa mère avait été faire des courses spéciales « pour fêter ça ». Lisa s'était réfugiée dans sa chambre et n'en avait plus bougé. Le seul réconfort qu'elle avait trouvé, c'était que, l'année scolaire étant déjà commencée, il faudrait peut-être attendre la rentrée des prochaines vacances avant de quitter Willow Creek, d'aller enfiler un uniforme pour ressembler à Ashley ou Sally...

— Tu as fait une bonne sieste, ma chérie ? demanda sa mère quand Lisa vint s'asseoir à table. Je suis désolée de te réveiller ! Regarde, je t'ai fait ton plat préféré. Poulet, frites...

Lisa s'efforça de sourire :

— Je ne faisais pas la sieste, maman.

— Ah ? Tu savourais la bonne nouvelle, hein ? N'est-ce pas terriblement excitant ?

— Si, si...

Le père de Lisa arriva à ce moment, après s'être changé au retour de son travail. Beaucoup plus calme que sa femme, il se mit lui aussi à harceler involontairement Lisa :

— Félicitations, ma grande. Nous sommes très fiers de toi.

Que répondre quand votre père vous dit ça ?

Lisa se racla la gorge :

— ... Merci, papa. Mais je n'ai rien fait... Je ne savais même pas que vous aviez essayé d'obtenir une bourse pour moi.

— Nous ne t'en avions pas parlé, car nous craignions que tu ne sois déçue si ça ne marchait pas, expliqua sa mère. Et puis je voulais d'abord être sûre que tu aimais Wentworth. Quand tu m'as dit que c'était le cas, alors, j'avoue, je me suis vraiment mise à espérer !

Lisa fronça les sourcils : pourquoi sa mère avait-elle cru que Wentworth lui avait plu ?

— Imagine toutes les opportunités que tu vas avoir, les rencontres que tu vas faire ! Il y a là des filles de diplomates, de stars du cinéma… C'est merveilleux ! Merveilleux ! Mais mange, ma chérie, ça va refroidir.

Lisa n'avait pas faim, mais elle se força, comme pour le reste, et avala quelques bouchées. Et, tout à coup, elle comprit ! Elle n'osait pas dire à sa mère qu'elle n'avait pas faim, exactement comme elle n'avait pas osé lui avouer la vérité sur Wentworth. Au contraire, elle lui avait dit que c'était une école « très chouette » ! Elle n'avait pas voulu décevoir ses parents après tous les efforts qu'ils avaient faits pour lui donner cette « chance » et avait pensé se débarrasser du problème en cachant ses vrais sentiments. Mais elle n'avait pas prévu le coup de la bourse !

Son admission à Wentworth était logique, après tout. Si Steph avait raison et que les élèves n'étaient pas d'un bon niveau, Mme Cushing devait compter sur les bonnes notes de Lisa pour améliorer les résultats de son établissement. La bourse arrangeait tout le monde… sauf Lisa !

– Ça va, ma chérie ? Tu ne manges pas ?

– Si…

– Laisse-la, elle est encore sous le choc, c'est normal.

– Est-ce que tu as déjà prévenu Carole et Steph ? Elles vont être surprises !

Carole et Steph… Une fois qu'elle serait interne à deux heures de route de Willow Creek, comment allaient-elles se voir ? Le Club, qu'allait-il devenir ? Est-ce que c'était la fin ? Lisa ne put supporter plus longtemps le regard de ses parents, leur sourire, leur bonheur…

— Excusez-moi, je suis un peu fatiguée. Je crois que je vais retourner dans ma chambre.

— Comme tu veux. Laisse, je débarrasserai. Viens m'embrasser… Je suis tellement heureuse !

— Mais le plus important, c'est que tu sois heureuse, ajouta le père de Lisa.

— Bien sûr qu'elle est heureuse ! Une occasion comme ça, on n'en a qu'une dans sa vie ! s'exclama sa mère. Ah, au fait, ma chérie, dès demain, il faut que tu dises à tes professeurs que tu vas les quitter bientôt.

— Euh… Bientôt quand ?

— Très vite !

Très vite ! Elle qui avait espéré un sursis jusqu'aux prochaines vacances…

— Mais l'année est déjà commencée, et…

— Je sais, je sais… Figure-toi que Mme Cushing était tellement impressionnée par tes résultats scolaires qu'elle a décidé de t'accorder un régime de faveur, et de t'accueillir d'ici deux semaines…

— Tu es une très bonne élève, alors ce n'est

pas étonnant… Oui, vraiment nous sommes fiers de toi, ajouta son père.

— Allez, va te reposer, tu le mérites bien. Et tu auras besoin de forces ! À Wentworth, avec toutes les rencontres à faire, tu vas mener une vie complètement différente !

De retour dans sa chambre, Lisa fixa son téléphone quelques instants avant d'oser appeler ses amies. Comment leur annoncer cette catastrophe ? Sans avoir trouvé, elle composa automatiquement le numéro de Steph, puis attendit que celle-ci eût appelé Carole, et elles commencèrent une conversation à trois.

— Les filles, il faut que je vous dise quelque chose…

— Nous aussi ! l'interrompit Steph. Si tu savais tout ce que j'ai fait subir à Veronica aujourd'hui… Pour finir, je lui ai demandé de polir le fer à cheval porte-bonheur qui est dans l'entrée… Et elle s'y est mise aussitôt !

— Steph, je suis sérieuse.

Au ton de Lisa, Carole et Steph comprirent

qu'elle était tendue et se turent tout de suite.

— Je suis prise à Wentworth…

Il y eut un très long silence. La voix tremblante de Lisa avait autant secoué ses amies que l'information qu'elle venait de leur donner, et elles ne savaient comment réagir.

— J'ai une bourse, et…

— Une bourse, bien sûr ! Je n'y avais pas pensé ! s'exclama Steph. Évidemment… Mais ce n'est pas parce que tu as une bourse que tu es obligée d'aller là-bas, tu sais.

— Pour mes parents, si…

— Et tu ne peux pas leur parler ?

— Steph, essaya d'intervenir Carole…

Mais Steph était lancée :

— Écoute, Lisa, ce n'est plus juste une histoire de coiffeur chic ou d'entretien. C'est un internat ! Tu vas te retrouver vingt-quatre heures sur vingt-quatre avec des centaines de Veronica, et…

À sa propre surprise, Lisa se sentit un peu agacée par les propos de Steph.

— Penser que quelqu'un comme toi va devoir vivre…, continuait celle-ci.

— OK, Steph, j'ai compris. Mais je dois y aller. Après tout, peut-être que ça ne sera pas si terrible…

— Pas si terrible ! Tu es folle ! Je veux dire que…

— Je vois très bien ce que tu veux dire, la coupa de nouveau Lisa. Il faut que je vous quitte maintenant. Je dois finir mes devoirs. Au revoir.

7

Lisa vécut la journée suivante dans une sorte de brouillard, incapable de se concentrer sur un sujet. En maths, elle passa au tableau, mais ne réussit pas à résoudre le problème, pourtant pas très compliqué. Elle finit par dire au prof, M. Ramirez, qu'elle ne savait pas comment faire.

– Ça va, Lisa ? lui demanda-t-il avec sympathie. Tu as assez dormi ?

– Peut-être pas… Ça doit être à cause de ça…

Elle n'osait pas avouer la vérité à M. Ramirez. Et, contrairement à ce que lui avait demandé sa mère, elle n'avait pas non plus osé prévenir ses profs de son prochain départ à Wentworth Manor. Elle y repensa en retournant à sa place, sous l'œil intrigué de ses camarades. C'était comme si elle avait voulu se convaincre qu'elle ne changerait pas d'école si elle n'en parlait à personne. Mais, au fond, elle savait bien qu'elle ne faisait que repousser inutilement l'échéance. C'était fichu, elle irait à Wentworth... Elle ne supportait plus ce nom ! N'ayant pas croisé Carole − ce qui l'arrangeait, en réalité, car elle n'avait pas envie d'aborder ce sujet −, elle déjeuna seule à la cantine. Penchée sur son plateau, elle faillit pleurer. Dans deux semaines, avec qui mangerait-elle ? À quoi serviraient les « opportunités » vantées par sa mère, si elle n'avait plus de copines ? Comment être amie avec des filles comme Ashley ou Sally ? C'était affreux...

À la fin du repas, Lisa décida de se

reprendre en main, de cesser de s'apitoyer sur elle-même. Après tout, ses parents voulaient qu'elle ait une meilleure situation que la leur, elle ne pouvait pas leur en vouloir ! C'était facile pour Steph de se moquer de Wentworth. Elle était d'une famille aisée, elle n'était pas en mesure de comprendre ce que les Atwood ressentaient.

Plus elle y réfléchissait, plus elle était agacée par les réflexions de Steph, la veille au téléphone. « Si ça se trouve, elle est jalouse ! pensa-t-elle. Tout le monde sait que les écuries de Wentworth sont splendides, je vais avoir la chance d'y monter à cheval chaque jour ! » Une petite voix chuchotait à Lisa qu'en pensant cela elle n'était honnête ni avec elle-même ni avec sa copine, mais elle ne voulut pas l'écouter... Cet accès de colère lui faisait presque du bien.

Les mardis après-midi, les membres du Club du Grand Galop et quelques autres élèves du Pin creux, dont Veronica, avaient une leçon avec Max. D'habitude, les trois amies arrivaient en avance pour papoter tranquillement entre elles, car, une fois le cours commencé, Max exigeait le silence absolu.

Mais cet après-midi les filles ne savaient pas quoi se dire. Au lieu de traîner pour se préparer, elles allaient le plus vite possible...

— Au fait, vous savez que Veronica a nettoyé ma selle ? demanda Steph pour rompre le silence.

Carole enchaîna, trop heureuse que Steph ait lancé un sujet sur lequel on pouvait plaisanter :

— Il va falloir que tu arrêtes de la martyriser comme ça, Steph ! Sauf si tu veux vraiment la prendre comme assistante.

— Oh, je vais bientôt finir ce jeu... Quand elle aura aussi nettoyé les vôtres...

Steph vit que sa plaisanterie n'avait pas fait rire Lisa. Elle était manifestement toujours secouée. Comment lui parler ? Fidèle à son caractère, Steph choisit de se jeter à l'eau :

— Lisa ? Je suis désolée pour ce que j'ai dit hier soir sur Wentworth. Je croyais que tu étais d'accord avec moi, sinon je n'aurais pas...

— La prochaine fois, tu réfléchiras avant de parler, pas après ! dit sèchement Lisa.

— Mais tu nous en avais dit du mal toi-même, se défendit Steph avec une voix timide, qui ne lui ressemblait pas.

— Tu aurais pu penser que j'avais changé d'avis, maintenant que je savais que je devais y aller !

— Alors... tu veux vraiment y aller ?

Lisa lui jeta un regard menaçant. Le message était clair : inutile d'insister.

À cet instant, Veronica entra dans l'écurie et, sans se rendre compte de la tension qui y régnait, s'adressa directement à Lisa :

— Alors, j'ai entendu dire que tu avais été prise à Wentworth ? Félicitations !

— Merci, murmura Lisa.

— Écoute, j'ai pensé que tu aurais envie de mieux connaître mon amie Ashley. Elle vient me rendre visite ce week-end, donc si tu veux venir dîner à la maison...

Steph regarda Veronica avec mépris. Elle

n'était pas dupe : sa subite gentillesse envers Lisa était due uniquement au fait que celle-ci avait mis un pied dans son monde. Peut-être pour se venger sur Veronica de sa dispute avec Lisa, elle attaqua sans réfléchir :

— On peut savoir pourquoi tu es si amicale avec Lisa ? C'est parce qu'elle va à Wentworth ?

— Ça te regarde ?

— Oui, ça me regarde, parce qu'elle est ma copine. Et moi, je ne suis pas comme toi, je ne choisis pas mes amies parce que leur père est riche ou qu'elles vont dans une école de snobs ! Si tu crois que Lisa n'a pas percé ton petit jeu…

— Steph ! cria Lisa. Tais-toi ! Ne parle pas à ma place !

Steph en resta muette. Elle regarda Lisa dans les yeux quelques secondes, puis sortit précipitamment, entraînant Arizona.

— Eh bien ! Avec des amis comme ça, on n'a pas besoin d'ennemis, lança Veronica. Alors, Lisa, pour mon invitation…

— Laisse-moi, toi ! Laisse-moi tranquille !

cria Lisa avant de quitter l'écurie aussi vite que Steph.

Quelques instants plus tard, Steph fut de retour dans l'écurie :

— Au fait, Veronica. Tu as travaillé depuis trois jours pour rien ! Car tu peux être sûre que je ne te prendrai jamais comme assistante !

— Tant mieux ! Même si tu me suppliais à genoux, je refuserais de travailler avec une folle comme toi !

Et les deux adversaires s'en allèrent, chacune par une sortie différente.

Carole soupira. Pourquoi les gens étaient-ils si compliqués ? Avec les chevaux, tout était tellement plus simple !

Il était temps de rejoindre la leçon, elles étaient en retard, et c'était déjà un miracle que Max ne fût pas venu les réprimander pour avoir hurlé comme ça. Oui, il valait mieux ne penser qu'à l'équitation pendant quelque temps. Et, après, il faudrait bien réconcilier Steph et Lisa, et si possible résoudre le problème de celle-ci…

Lisa ne se sentit pas le courage d'assister à sa leçon. La mort dans l'âme, elle dirigea Prancer vers la forêt, et une fois suffisamment loin du Pin creux, elle s'arrêta et se mit à pleurer sans retenue, repensant à tout ce qui s'était passé en vingt-quatre heures. Prancer, comme si elle avait compris que sa cavalière n'allait pas bien, se retourna vers elle, l'air de demander ce qui se passait. Mais cette marque d'attachement ne la consola pas. Au contraire ! Elle venait de réaliser qu'elle allait aussi perdre Prancer. Jamais ses parents ne pourraient la lui acheter !

– Qui va te monter, maintenant ? J'espère que ce sera quelqu'un de bien… Oh, si seulement il y avait aussi des bourses pour les chevaux, tu pourrais venir avec moi à Wentworth, je me sentirais moins seule… Je te parlerais des filles, tu me parlerais des chevaux…

Lisa ne rentra au Pin creux qu'à la tombée de la nuit. Elle se disait que cette promenade avait été sans doute la dernière. À quoi bon revenir au centre ? Une fois de plus ou de moins, maintenant… Bien sûr, elle pourrait toujours rendre visite à Max, à Mme Reg, à Prancer ; mais ce ne serait pas pareil. Quant à se réconcilier avec Steph, cela en valait-il la peine ? Avec l'éloignement, l'internat…

Elle eut le sentiment que le Club du Grand Galop venait de mourir, et cette idée la bouleversa plus que tout.

8

D'ordinaire, les parents de Carole, Lisa et Steph n'autorisaient les filles à dormir l'une chez l'autre que le samedi. Quand elles virent que Lisa ne venait pas à la leçon, Carole et Steph décidèrent d'obtenir une permission exceptionnelle. C'était la meilleure solution pour parler de leur amie et échafauder un plan d'action. Après un coup de fil entre le père de Carole et les parents de Steph, et la promesse de celle-ci de s'appliquer plus que jamais à faire ses devoirs pendant une semaine (« J'essaierai pendant au moins trois jours, pensa-t-elle, ou deux… »), elles se retrouvèrent le soir même chez Steph.

Elles ne perdirent pas de temps. Sitôt le dîner fini, elles s'enfermèrent dans la chambre de Steph. Comme elles se sentaient un peu coupables de tenir une rencontre du Club sans Lisa, Steph lança :

— Après tout, on ne peut pas sauver un homme qui se noie juste en sautant dans l'eau !

— Heu… Ça veut dire quoi ?

— C'est une expression…

Avant que Steph eût pu expliquer la signification profonde de cette image, sa mère entra, apportant une assiette de cookies :

— Je n'en ai pas parlé devant tes frères, Steph, mais j'avais cru que c'était une rencontre de tout le Club. Où est Lisa ?

— Eh bien, maman… C'est à cause d'elle que nous avions besoin d'être ensemble.

— Elle n'est pas malade ?

— Non… En fait, on cherche un moyen pour qu'elle n'aille pas à Wentworth Manor.

— Elle va dans un internat ?

— La semaine prochaine.

— Quel est le problème, Steph ? Si elle et ses parents en ont décidé ainsi, pourquoi est-ce que vous voulez vous en mêler ?

— Mais, maman ! Lisa n'a rien décidé du tout ! Et elle sera malheureuse là-bas ! Nous lui manquerons, le Pin creux lui manquera !

— Ma chérie, je sais que ce n'est pas facile à concevoir pour toi, mais essaie de penser d'abord à Lisa : c'est de son avenir qu'il s'agit. Wentworth peut être une très bonne opportunité pour elle.

Steph attendit la sortie de sa mère pour dire :

— Classique ! C'est à chaque fois comme ça ! Les parents sont toujours d'accord entre eux ! J'ai entendu de mes propres oreilles ma mère dire du mal de Wentworth, et maintenant elle se met du côté de Mme Atwood ! C'est pas croyable !

— Honnêtement, Steph… Il faut que nous nous demandions sérieusement si Lisa n'a pas envie d'aller là-bas.

Steph reconnut que c'était nécessaire : sinon, pourquoi chercher un moyen de l'en sauver ? Elles réfléchirent un instant, pour arriver à la même conclusion :

— Elle n'en a aucune envie.

— Si elle le voulait, elle serait quand même triste de quitter Willow Creek, raisonna Steph. Mais, justement, elle n'est pas triste. Elle est complètement désespérée !

— Oui. Si ses parents le savaient, ils ne l'obligeraient jamais à changer d'école.

— Tu es sûre de ça ? Sa mère…

— Oui, Steph. Mme Atwood ne voudrait jamais rendre Lisa malheureuse.

— Tu as raison. Si seulement Lisa lui disait la vérité…

Les deux amies en eurent la certitude : tant que Lisa n'avouait pas à sa mère ce qu'elle pensait réellement de Wentworth, elles ne pouvaient rien faire. Et elles n'allaient pas forcer Lisa à se décider… C'était sans issue. Elles se cassèrent la tête longtemps, en vain, et quand Mme Lake vint leur demander de se coucher, elles étaient plutôt déprimées.

— Vous devrez vous préparer votre petit déjeuner toutes seules demain, les filles. Je dois partir tôt. Et attention à l'horaire du bus, Steph, cette fois-ci…

— Bien sûr… Qu'est-ce que tu fais ?

— Je vais chez le coiffeur.

— Encore ! Mais tu y vas tout le temps.

— J'ai décidé de retourner chez Alexandre, c'est vraiment le meilleur. Et puis je n'y vais pas tout le temps, c'est toi qu'on n'y voit pas assez souvent. Enfin… Allez, bonne nuit !

Une fois la lumière éteinte, Steph reprit la conversation :

— Carole, chuchota-t-elle. J'ai une idée.

— À quoi tu penses ?

— Tu te rappelles ce que Lisa nous a raconté sur le salon de coiffure ?

— Il paraît que les clientes y parlaient de Max.

— Pas seulement. Elles commentent tout.

Alors, j'ai pensé qu'il faudrait que Mme Atwood entende des choses désagréables sur Wentworth à son prochain rendez-vous. Par exemple que c'est une école horrible…

– Oui. Dans ce cas, elle se dirait que l'opportunité n'est pas si bonne que ça pour Lisa ! Mais elle devrait entendre ça de la bouche de quelqu'un d'important, quelqu'un qui ait du prestige. Ta mère ?

– Tu rigoles ? Non seulement elle refuserait, mais elle nous ferait tout un discours parce qu'on mijote des trucs pareils.

– Alors qui ?

L'idée de Steph n'était pas mauvaise, mais difficile à réaliser. Qui pouvaient-elles bien convaincre de leur rendre ce service ? Qui impressionnerait Mme Atwood ? Les deux copines cherchèrent parmi leurs connaissances, sans trouver personne qui convenait. Elles étaient à deux doigts d'abandonner, lorsque Carole eut un éclair :

– Mais bien sûr ! Attends ! J'ai trouvé ! Elle est parfaite !

— Qui ? Qui ?

— Qui va chez Alexandre toutes les semaines ?

Steph comprit tout de suite. Elle enchaîna :

— Et qui déteste Wentworth ?

Elles s'écrièrent ensemble :

— Mme Angelo !

— Chut, fit Carole, on va alerter ta mère…

— C'est ça, reprit Steph un ton plus bas, c'est la mère de Veronica qu'il nous faut !

— Tu penses que si on parlait de Wentworth devant elle…

— Elle démarrerait au quart de tour, c'est sûr ! Mais nous ne pouvons pas le faire nous-mêmes, Mme Atwood verrait la grosse ficelle…

— Alors qui ? Qui peut lancer le sujet ? Ça ne peut pas être…

— Oh non ! Non !

— Qu'est-ce qu'il y a, Steph ?

— Rien… Je viens juste de comprendre qui je serai obligée de prendre comme assistante pour la fête de Fenton Hall.

Le visage de Carole s'éclaira :

— Veronica ! Évidemment ! Tu lui offres ce boulot si elle accepte en échange de mentionner Wentworth devant sa mère… On a trouvé !

— Il y a juste un problème : il faut que nous en parlions à Lisa. Sans elle, on ne pourra pas s'arranger pour que sa mère ait un rendez-vous en même temps que Mme Angelo.

— Tu as raison, répondit Carole.

Elle ajouta après un temps :

— Tu sais, ce n'est pas un vrai problème. De toute manière, il faut prévenir Lisa avant de mettre ce plan en route. C'est sa vie à elle, on n'a pas le droit de décider pour elle. Je propose que nous nous donnions rendez-vous toutes les trois chez Sweetie demain, après les cours. Je la verrai à l'école. Je pense qu'elle acceptera de venir si je lui dis que c'est une des dernières fois avant son départ…

— Quand je pense que le sort de Lisa dépend de Veronica…

Sans s'attarder sur ce détail, Carole et Steph

se mirent à parler de l'organisation de leur coup monté. Et c'est la joie au cœur et tout excitées qu'elles s'endormirent finalement, avec la même pensée : vivement demain !

9

Steph avait de l'orgueil. Et ce n'était pas
la première fois qu'elle était obligée de le
mettre de côté. Elle avait fait suffisamment de bêtises pour avoir eu plusieurs
fois à s'excuser devant ses parents, ses
frères, ses profs... Cependant, la pensée
d'avoir à demander un service à Veronica
la rendait malade. Il le fallait pourtant !
Elle avait décidé de manœuvrer le plus
habilement possible : si Veronica compre-

nait trop tôt à quel point son rôle était important, la mission allait se révéler impossible.

Le lendemain midi, elle se trouvait dans les couloirs de Fenton Hall, attendant sa proie. Quand elle la vit, habillée d'un nouvel ensemble — décidément, cette fille ne portait jamais deux fois les mêmes vêtements !

— Steph se rua vers Veronica et la bouscula légèrement.

— Oh, désolée…

— Très drôle…

— Non, sincèrement, je ne voulais pas te rentrer dedans comme ça…

— Mais oui, bien sûr… Je sais qu'on peut te faire confiance… C'est comme pour cette histoire d'assistante.

— Ça tombe bien que tu parles de ça, parce que, justement, je voulais te dire… C'est toi que j'ai choisie !

Au lieu de sauter de joie, Veronica regarda Steph avec un air soupçonneux. Steph se concentra : le moment était important ! Si Veronica devinait qu'il y avait anguille sous roche, elle refuserait la proposition de Steph et tout s'écroulerait...

— J'ai compris que tu étais la bonne personne.

— Après notre dispute ? Steph, si c'est une blague...

— Ce n'en est pas une. Écoute... Toi et moi, on n'est pas très bonnes copines.

— Tu peux le dire...

— Eh bien, c'est pour ça que tu serais une bonne assistante.

— Pardon ?

— Oui... Je veux que cette fête soit réussie, il faut donc qu'il y ait beaucoup de monde. Si je prends une copine à moi, elle n'attirera personne de nouveau. Tandis que toi... « Tu feras venir tous les snobs de Fenton Hall », compléta Steph en pensée.

Veronica réfléchit quelques instants. Finalement, à l'évidence convaincue par le raisonnement de Steph, elle dit :

— C'est d'accord. Je vois que tu as vraiment besoin de moi !

Elle essayait de cacher sa joie, mais n'y parvenait pas tout à fait. Il restait à Steph à lancer sa dernière attaque :

— Il faut juste que tu fasses une petite chose.

— Je n'en ai pas fait assez ?

— Ne t'inquiète pas, c'est facile. Quand, toi et ta mère, vous allez chez Alexandre ?

— Pourquoi, tu veux que ma mère t'invite ?

— Veronica ! Dis-moi seulement quand vous y allez.

— Nous sommes mercredi ? Eh bien, demain, à quatre heures. C'est Alexandre lui-même qui s'occupe de nous. Il n'y a que lui qui puisse…

Steph laissa Veronica frimer quelques instants. Puis, quand celle-ci eut fini son numéro, elle lui dit :

— Maintenant, voici ce que tu dois faire…

À quatre heures passées, Carole était encore seule chez Sweetie, le glacier où le Club avait ses habitudes. Elle était inquiète : Lisa avait accepté de venir, mais sans le moindre enthousiasme, craignant visiblement une nouvelle dispute avec Steph. Aussi Carole fut-elle très soulagée de voir arriver ses deux amies en même temps.

Une fois qu'elles furent toutes assises, Steph fit un petit signe à Carole, qui commença :

— Lisa, je t'ai menti tout à l'heure… Si nous t'avons demandé de venir, c'est parce que nous avons un plan. On pense avoir trouvé un moyen de te permettre d'échapper à Wentworth Manor sans que ta mère en soit triste. Alors, on te demande : est-ce que tu acceptes notre aide ?

Lisa prit son souffle.

— Oui, dit-elle simplement.

— Youpi ! Génial ! hurla Steph.

— Vous voulez commander ? demanda la serveuse depuis son comptoir.

— Dans cinq minutes ! Pardon pour le bruit !

— C'est rien, j'ai l'habitude avec vous…

— Donc, tu ne veux pas aller à Wentworth ? reprit Carole.

Lisa répondit sans regarder ses amies :

— J'ai honte de vous l'avouer après avoir prétendu le contraire, mais c'est vrai, je n'ai aucune envie d'y aller. Je serais trop malheureuse ! Vous me manqueriez, vous, les chevaux, Max, Willow Creek... Non, je veux rester avec vous. Que le Club continue ! Si seulement je n'avais pas dit à ma mère...

Lisa s'arrêta là, souriant et pleurant à la fois, soulagée de parler de nouveau à ses amies. Carole mit le bras autour de ses épaules. Steph s'excusa en bafouillant pour son comportement, ce à quoi Lisa lui répondit qu'elle n'avait rien à se faire pardonner. Les trois filles restèrent alors silencieuses quelques instants, heureuses d'être simplement ensemble comme avant... Puis Steph entreprit d'expliquer le plan de bataille. Lisa l'interrompit au bout de deux minutes :

— Mais comment persuader ma mère d'aller chez Alexandre ?

— Je ne sais pas, avoua Carole. Si tu lui disais qu'elle doit être particulièrement belle pour t'emmener à Wentworth dans dix jours ?

— Non. Dans ce cas, il faudrait y aller juste avant...

— Une manucure, alors ? proposa Steph.

— Elle s'en occupe elle-même.

— Je sais ! Un soin du visage ! proposa Carole.

— Oui, c'est pas mal, apprécia Steph. Ma mère s'en fait faire une fois par an. Le problème, c'est que ça coûte quelque chose comme soixante dollars...

— Aïe ! Mais si on met chacune vingt dollars...

— D'accord, Carole. Lisa ?

— Ça m'ennuie que vous...

— Super ! la coupa Steph. Seulement... est-ce que vous pouvez me les prêter ? Je suis un peu à court en ce moment...

— Comme toujours, soupira Carole. Allez, ça marche !

— Et si je ne peux pas avoir un rendez-vous à quatre heures demain ? s'inquiéta Lisa. Il faut parfois patienter des semaines...

Les yeux de Steph s'allumèrent :

— Je vais résoudre ça tout de suite, le temps de passer un coup de fil. Attendez-moi !

Quelques minutes plus tard, Steph les rejoignit, un grand sourire aux lèvres :

— Eh bien, ça n'a pas été facile... Ces coiffeurs chic, décidément! Mais j'ai eu le rendez-vous, à quatre heures et quart demain, pour l'anniversaire de ta mère...

— Pour l'anniversaire de ma mère?

— Oui, figure-toi que tu avais oublié de les appeler, et que tu te sentais tout honteuse, alors que tu avais économisé ton argent de poche pour offrir ça à ta mère que tu aimes tant, et qui part en voyage de travail après-demain pour un mois... Quelques mensonges, plus une petite crise de larmes, et ça a été dans la poche !

— Bravo ! la félicita Carole. Dommage que nous ne puissions pas être là demain...

— Ah bon ! Pourquoi ?

— Voyons, Steph ! Ça serait trop gros si, toi et moi, on traînait chez Alexandre, comme par hasard...

— Tu as raison. Dommage...

— Vous voulez commander, maintenant? demanda la serveuse.

— Bien sûr ! Les filles ?

— Je prendrai un petit cône au chocolat, dit Lisa.

— Une glace à la menthe pour moi, dit Carole.

— Et pour vous ?

— Moi, ça sera une spéciale beurre de cacahuètes, proclama Steph.

— Nous n'avons pas de ça.

— Je sais, laissez-moi l'inventer. De la glace à la fraise, de la chantilly, des marshmallows, du jus de pamplemousse... des grains de chocolat, et une cerise !

— Mais il n'y a pas de beurre de cacahuètes là-dedans, remarqua la serveuse.

Et Steph de conclure avec un sourire :

— Eh non ! C'est pour ça qu'elle est spéciale !

10

— Tu ne devrais pas dépenser tout ton argent pour moi, ma chérie, dit Mme Atwood dans la salle d'attente d'Alexandre.

— J'avais tellement envie de te faire un cadeau, maman ! répondit Lisa en essayant de cacher son anxiété.

Toute la journée, elle avait été très inquiète, s'attendant chaque minute à ce que le plan ne fonctionne pas. Il y avait eu plusieurs alertes : sa mère avait commencé par refuser le présent, le trouvant trop cher. Puis elle s'était étonnée de ce que Lisa veuille venir avec elle. Lisa avait dû improviser, raconter qu'elle adorait l'atmosphère chez Alexandre, qu'elle voulait être la première à voir sa mère après la séance de soins. Elle aurait inventé n'importe quoi pour être là et vérifier si Veronica jouait le jeu.

Mme Angelo et sa fille étaient déjà là. Lisa échangea un signe discret avec Veronica, qui n'avait pas non plus l'air dans son assiette, puis elle se mit à feuilleter un magazine, sans pouvoir se concentrer. Cela lui faisait tout drôle de se trouver pour une fois du même côté que Veronica. De plus, elle craignait l'imprévu : et si sa mère n'entendait pas les remarques de Mme Angelo ? Si elle ne réagissait pas ? Ou, pire, si la mère de Veronica se mettait tout à coup à dire du bien de Wentworth ?

— Mais... c'est Barbara Angelo là-bas, ou je me trompe ? chuchota Mme Atwood.

— Oui, maman, c'est bien elle...

— Je l'ai rencontrée au Pin creux deux ou trois fois.

— Ah bon !

— Oui, ma chérie. Il faut que tu sois toujours polie avec elle et sa fille. Ce sont des gens très importants à Willow Creek. Ne l'oublie jamais.

— Je te promets de m'en souvenir...

Juste à ce moment, Mme Angelo, dont la voix portait beaucoup, éclata de rire :

— Oh, Alexandre ! J'adooore votre esprit !

— Tu n'es pas obligée de rire si fort, maman ! dit Veronica.

— Ne me parle pas sur ce ton !

— Mais, maman, c'est embarrassant...

— Si tu n'es pas contente, tu rentres à la maison tout de suite !

« *Oh non !* » pensa Lisa. Si Veronica devait partir, c'était fichu !

— Je préfère rentrer que de me trouver en public avec toi ! siffla Veronica.

Mme Angelo se leva d'un bond. Elle aurait sûrement chassé sa fille sans l'intervention d'Alexandre.

— S'il vous plaît ! Calmez-vous ! Sinon, je ne finis pas votre coupe…

Étant donné que ses cheveux étaient coupés d'un seul côté et qu'elle ne pouvait pas sortir dans la rue comme ça, Mme Angelo se rassit docilement, dardant un regard de feu sur sa fille. Ensuite, elle s'excusa auprès d'Alexandre de l'avoir « dérangé dans l'exercice de son art ».

« Merci, Alexandre ! » Toutefois, le soulagement de Lisa ne dura pas longtemps. Elle vit avec horreur une employée du salon s'approcher de sa mère et lui offrir une fleur en lui souhaitant « bon anniversaire ! »… La jeune fille se figea : si Mme Atwood demandait des explications, le plan était par terre ! Heureusement, sa mère se contenta de faire un petit signe à Lisa et de lui murmurer : « Chut ! Il ne faut pas la contrarier ! » « Je vais devenir folle ! » pensa Lisa. Sans Carole et Steph pour l'encourager, tout était plus dur. Et Veronica qui ne disait toujours rien ! Les minutes passaient. À présent, Alexandre s'occupait d'elle, pendant que sa mère abandonnait ses mains à la manucure. Et aucune des deux ne parlait ! Lisa comprit alors que cette peste de Veronica faisait exprès d'attendre, pour l'exaspérer. Elle regarda Veronica avec insistance, mais celle-ci n'eut pas l'air de comprendre ce qu'elle lui voulait. Et le temps s'écoulait...

– Comment ça va, ma chérie ?

C'était Mme Atwood, dont le visage avait été recouvert d'un masque verdâtre.

– Ça va, maman, ça va... Je pensais à l'école, répondit-elle assez clairement pour que Veronica l'entende.

Mais celle-ci ne réagit pas. Lisa continua.

– Puisque je vais *quitter Willow Creek...*

Toujours rien de la part de Veronica. Lisa joua son va-tout, inquiète d'en faire trop et de gâcher le plan. Elle foudroya Veronica du regard :

– Aller bientôt dans *une nouvelle école...*

Enfin, Veronica réagit ! Elle dit bonjour à Lisa, sans le moindre sourire, et enchaîna :

– Je ne t'avais pas vue, excuse-moi... Mais, tu disais... Tu nous quittes ?

— Oui…, répondit prudemment Lisa, qui ne s'attendait pas à ce que Veronica la mette à contribution.

— Ah oui, j'en ai entendu parler, je ne sais plus par qui. Tu vas à Wentworth Manor, c'est ça ?

— Exactement…

— Tu entends ça, maman ? Lisa entre à Wentworth !

Le cœur battant, Lisa jeta un œil du côté de sa mère. Celle-ci regardait fixement Mme Angelo, attendant son verdict sur Wentworth.

Celui-ci ne tarda pas. La mère de Veronica écarquilla les yeux. Elle se leva brusquement et fit une grimace de dégoût :

— Wentworth Manor ? Tu as bien dit : Wentworth Manor ?

— Oui, maman.

Le silence se fit dans tout le salon. Les clientes ne comprenaient pas exactement ce qui se passait, mais l'attitude de Mme Angelo suffisait à attirer leur curiosité. Par ailleurs, les moins averties avaient envie de savoir ce que la première dame de la ville pensait d'une école aussi connue.

— Je croyais t'avoir dit de ne plus jamais mentionner cet établissement déplorable devant moi! Personne de convenable n'oserait envoyer sa fille dans un endroit pareil! Personne, tu m'entends, à moins d'être sadique! On n'y trouve que le rebut de la société, les élèves les plus débiles, les plus idiotes de la région! Je préférerais t'envoyer en prison que là-bas! Ça aurait plus de prestige! Wentworth est une porcherie dirigée par des incapables, vantards et paresseux! C'est un trou à rats! Un dépotoir! Ne t'avise plus jamais de prononcer ce nom devant moi, c'est compris? En parler me salit la bouche! Mieux vaut que je me taise! Et toi aussi!

Il y eut un long silence. C'est Alexandre lui-même qui eut le mot de la fin:

— Je n'ai jamais non plus beaucoup apprécié ces filles de Wentworth...

Comme si elle avait déjà oublié la scène qu'elle venait de faire, Mme Angelo se rassit et pria l'employée qui s'occupait d'elle de continuer son travail.

Lisa resta bouche bée. Elle n'aurait jamais osé en espérer autant. Sa mère paraissait bouleversée. Lisa n'en était pas surprise : entendre la femme la plus importante de Willow Creek proférer de telles paroles sur une école qu'elle croyait parfaite ne pouvait que la secouer...

Dans la voiture sur le chemin du retour, Mme Atwood s'éclaircit plusieurs fois la gorge avant de parler :

— Tu sais, ma chérie, j'ai réfléchi. Peut-être que nous nous sommes un peu précipités à propos de Wentworth Manor. Il faut que nous nous reposions la question. Tu pourras toujours y aller après les vacances de Noël, ou l'année prochaine...

Le plan avait donc parfaitement fonctionné. Pourtant Lisa, sans comprendre pourquoi, se sentait bizarre. Au lieu d'être impatiente d'appeler Steph et Carole pour leur apprendre la bonne nouvelle, elle déprimait.

Une fois dans sa chambre, elle s'allongea sur le lit. Elle contempla longuement le téléphone, et finit par se rendre compte de ce qui n'allait pas. Le plan avait fonctionné, c'était vrai, mais le plan n'était pas bon! C'était malhonnête de manipuler sa mère sur un sujet aussi important.

Ce n'était pas un reproche à l'égard de Carole et Steph, qui l'avaient beaucoup aidée. « On n'agit pas comme ça avec sa propre mère, songeait Lisa. J'aurais dû lui dire la vérité, tout simplement. » Bien sûr, elle allait remercier ses amies. Mais d'abord il fallait qu'elle parle à sa mère. Et pour cela, le Club ne pouvait pas la soutenir, elle ne devait compter que sur elle-même.

— Alors, tu ne voulais pas aller à Wentworth?

Lisa secoua la tête. Elle et sa mère se trouvaient devant la cuisine, elle venait de lui avouer ce qu'elle pensait de cette école.

— Mais pourquoi ne m'as-tu rien dit? Je ne comprends pas.

— Je n'ai pas osé. Je savais que tu souhaitais que j'y aille, et quel privilège c'était…

Elle sentit sa voix trembler ; elle eut du mal à continuer. Sa mère lui prit la main :

— Il faut que ce soit clair : j'avais envie que tu entres à Wentworth, parce que je croyais que c'était une bonne chose pour toi. Enfin… Moi, ces internats me semblaient fascinants quand j'étais petite. Peut-être que j'ai un peu trop pensé à moi dans cette histoire. Mais j'ignorais que tu n'aimais pas les filles de là-bas. Et tu ne me l'as pas dit.

— Ce n'est pas que je ne les aime pas…, commença Lisa. (« Ah, je recommence ! » se reprocha-t-elle.) En réalité, je les trouve horribles.

— Même la charmante petite Sally, qui t'a fait visiter l'endroit ?

— Surtout Sally, répondit Lisa en riant.

— Elle semblait si gentille et si polie… Tant pis. Heureusement que Barbara Angelo m'a remis les idées en place. Quelle chance nous avons eue de la croiser chez Alexandre aujourd'hui, n'est-ce pas ?

— Oui, oui…

— Tout ça parce que tu voulais que je sois belle pour t'amener à Wentworth, ma petite chérie…

— Heu, maman… Il faut que je te dise…

— Quoi donc ?

Lisa réfléchit. Elle n'était pas obligée de dire *toute* la vérité non plus… N'avait-elle pas avoué ce qu'il y avait de plus important ? Le reste pouvait bien rester secret !

— Je… je vais appeler Carole et Steph.

— Tout à l'heure. J'ai encore une chose à te dire.

— Oui, maman ? demanda Lisa avec inquiétude.

— J'insiste, absolument, pour que nous continuions d'aller chez Alexandre. Le résultat de ce soin est extraordinaire, tu ne trouves pas ?

— Oh si !

— Alors, nous sommes d'accord ?

— Parfaitement, maman !

11

Steph n'avait jamais vu autant de monde dans la salle de spectacles de Fenton Hall. La fête était un succès énorme. Elle avait dû passer une semaine entière avec ce poison de Veronica, mais ça en valait la peine. Finalement, elle s'était occupée de tout elle-même : comme elle s'en était doutée, Veronica n'avait pas fait grand-chose, si ce n'est appeler un traiteur japonais pour commander des sushis en guise de nourriture. Le reste du temps, elle avait critiqué les initiatives de Steph, qui tenait maintenant sa revanche, puisque tout le monde la félicitait.

Et ce qui était encore mieux, c'est que Carole, Lisa et Phil étaient là ! À force d'entendre toutes les deux minutes Veronica parler de la venue de sa copine Ashley, elle avait eu l'idée d'ouvrir la fête à tous ceux qui voulaient y participer. En échange de deux ou trois promesses, qu'elles avaient déjà oubliées, elle avait obtenu de Mme Fenton le feu vert pour accueillir les élèves d'écoles publiques.

– Steph, tu es géniale ! s'écria Lisa. Le thème sur les années 50 est une super idée. D'habitude, les gens ne dansent pas, mais là, avec cette musique-là…

– C'est qu'ils ont bon goût, commenta Steph, fan notoire de tout ce qui avait trait aux années 50.

– Comment tu as fait pour que Veronica accepte ça ? demanda Carole.

– C'est simple ! Primo, ça lui donnait l'occasion de s'acheter une nouvelle tenue. Deuzio, elle pensait que ça allait être un bide, et qu'elle pourrait dire à tout le monde que c'était de ma faute...

— Quand même, cette Veronica...

— Est-ce que j'ai entendu mon nom ? les interrompit cette dernière, accompagnée d'Ashley. Décidément, vous devez beaucoup m'aimer pour toujours parler de moi...

— Oui, ce doit être ça, répliqua Steph.

— Ashley, je te présente Steph et Carole. Je pense que tu connais déjà Lisa.

— Ah oui... C'est bien toi, la fille qui voulait entrer à Wentworth ? Je suis désolée que tu n'y aies pas réussi. Ce n'est pas donné à tout le monde !

— « Pas réussi ? » bondit Steph. Veronica, c'est toi qui as lancé cette rumeur ?

— Quelle rumeur ? Ah oui ! Maintenant que tu le dis... J'ai moi aussi entendu parler d'un échec de Lisa...

Steph allait réagir à sa façon ; mais Lisa la fit taire du regard, et répondit comme si elle n'avait pas compris qu'Ashley et Veronica essayaient de l'énerver :

— Oui, moi aussi, je suis désolée. J'aurais a-do-ré être une fille de Wentworth, comme toi ! Que veux-tu ! Mes notes n'étaient pas assez bonnes.

Ne sachant quoi répondre, Veronica et Ashley allaient partir lorsque quelques garçons de Fenton Hall rejoignirent le groupe.

— Bravo, Steph ! Vachement bien organisée, ta soirée ! applaudit l'un d'eux.

— Bonne idée de faire venir des gens de l'extérieur, ça nous change de toutes ces snobs ! ajouta un autre garçon en jetant un regard brillant à Carole et Lisa.

— Il y a juste la nourriture qui est bizarre, personne ne comprend ce que c'est...

Veronica rougit violemment. Le premier garçon conclut :

— Mais, dans l'ensemble, c'est vraiment très cool. Et il paraît que tu as tout fait toute seule...

Steph sourit :

— Oh, c'est juste une rumeur…

C'en était trop pour Veronica. Elle haussa les épaules et partit, suivie de sa copine bon chic bon genre.

Assise à l'écart, Lisa réfléchissait à ce qu'elle avait appris dans l'aventure qu'elle venait de vivre. Elle savait qu'elle ne dirait jamais tout à ses parents, ce n'était pas sa nature, et elle n'était pas non plus du genre à les affronter. Par contre, elle ne cacherait plus ses sentiments ; elle ne tenait pas à se retrouver une nouvelle fois dans ce genre de situation. Steph et Carole ne pourraient pas toujours régler les problèmes à sa place, même si c'étaient des amies extraordinaires !

— Je suis désolée, Steph, dit-elle en rejoignant l'héroïne de la soirée. Si j'avais parlé plus tôt à ma mère, tu n'aurais pas été obligée de te battre avec Veronica pendant toute une semaine…

— Je me bat toujours avec Veronica ! Une fois de plus ou de moins…

— Et pourtant, sans ses défauts…, observa Carole. Si elle n'avait pas voulu à tout prix jouer les assistantes, Lisa serait en train de faire ses bagages !

— Oui, c'est vrai, admit Steph. Pour la récompenser, je vais la laisser tranquille, maintenant…

— Ah bon ?

— Tu crois ?

— Oui… pendant au moins trois jours !

FIN

Retrouve vite
le Club du

dans
UNE BÊTISE DE TROP

🐎🐎🐎

Lisa Atwood s'arrêta sur le seuil du box de Prancer. Elle sourit en contemplant les écuries du Pin creux, qui bruissaient de sons familiers dans la chaleur de l'été. Elle aimait l'odeur des chevaux, le contact de leur pelage lisse et le petit hennissement que poussait la jument en la voyant arriver.

– On forme une bonne équipe maintenant, toutes les deux ! murmura Lisa en caressant Prancer.

Un des plus grands plaisirs de Lisa était de monter ce pur-sang. Max Regnery, le propriétaire du Pin creux, l'avait acheté quand un accident avait interrompu sa carrière de cheval de concours. Prancer, d'abord nerveuse et difficile, s'était habituée à sa cavalière.

Tout en lui glissant un licou, Lisa se disait qu'elle avait beaucoup de chance, même si elle rêvait d'avoir un jour son propre cheval.

— Lisa? appela Max en s'approchant du box. Prancer a été montée ce matin, et il fait trop chaud pour qu'elle travaille encore. Prends Barq, je te donnerai Prancer mardi, d'accord?

Lisa et ses deux meilleures amies, Carole et Steph, ne se contentaient pas des deux cours hebdomadaires : elles passaient tout leur temps libre au centre équestre.

— D'accord, Max, dit Lisa en cachant sa déception.

Elle considérait Prancer comme sa jument. Mais Max avait trop d'élèves pour les laisser monter uniquement leurs chevaux préférés. Elle flatta Prancer, lui retira le licou et se dirigea vers le box de Barq. C'était un hongre arabe. Son nom, qui signifiait

« foudre », allait bien avec son tempérament fougueux. Lisa l'avait souvent monté, mais elle ne se sentait pas très à l'aise avec lui. Elle lui donna une petite tape amicale et commença à le nettoyer.

— Eh, Lisa! l'interpella Carole Hanson. Pourquoi tu ne montes pas Prancer, aujourd'hui?

Lisa haussa les épaules en souriant.

— Laisse-moi deviner: elle a déjà travaillé ce matin, et Max a dit qu'il faisait trop chaud pour qu'elle sorte.

— Gagné! approuva Lisa.

Carole était encore plus passionnée d'équitation que Lisa. Sur ce sujet, elle était imbattable. Elle se dirigea vers Diablo, un beau hongre bai qu'elle avait reçu deux ans auparavant pour Noël.

— Ne sois pas déçue, Lisa, dit-elle. C'est bien de monter d'autres chevaux, tu apprendras plus vite.

— Je sais. Mais Max me confie bien Prancer

pour le camp, il aurait pu me la réserver aujourd'hui.

— C'est sûrement pour ça qu'il ne l'a pas fait, observa Carole.

Elle brossait vigoureusement sa monture en bougonnant :

— Comment peux-tu être aussi sale alors que je te bichonne tous les jours, Diablo !

Se tournant vers Lisa, elle poursuivit :

— Là-bas, tu seras la seule à la monter, il laisse donc leur tour aux autres.

Carole avait raison. Dans une semaine exactement, Lisa serait avec Carole et Steph Lake, son autre meilleure amie, au camp d'équitation de la colline de l'Élan. Elle brûlait d'impatience. Elles y étaient déjà allées, mais cette année Carole emmenait Diablo, et Steph sa jument, Arizona. Quant à Lisa, elle aurait Prancer pour elle seule toute la semaine !

— Heureusement que la tête de Steph va mieux ! s'exclama Lisa. Le camp sans elle, ce ne serait pas drôle !

Steph avait eu une sérieuse commotion lors d'un accident d'obstacle et n'avait pas pu monter pendant plusieurs semaines.

Carole pouffa :

— Je suis contente, mais je ne dirais pas que sa tête va très bien ! Elle est toujours aussi folle !

Lisa éclata de rire. Elle-même était dotée d'un esprit rationnel et méthodique. Carole était étourdie, sauf quand il s'agissait de chevaux. Steph, elle, avait toujours des idées farfelues, qu'elle parvenait généralement à réaliser.

— Ce n'est pas son genre d'être en retard, remarqua Lisa en finissant de harnacher Barq.

— Je suis là ! cria Steph depuis la sellerie.

Elle apparut avec sa selle, sa bride et son seau de pansage. Lisa et Carole la fixaient, les yeux écarquillés.

Steph, qui attachait toujours ses cheveux

blonds et portait des jeans usés jusqu'à la corde et des bottes de cow-boy élimées pour monter, offrait un spectacle pitoyable : ses cheveux étaient plaqués, sa queue de cheval dégoulinait, son chemisier mauve pendait sur ses épaules et son jean était tout trempé.

— Qu'est-ce qui t'arrive ? s'écria Lisa, stupéfaite.

Steph jeta son équipement devant le box d'Arizona.

— Je vais le tuer ! gronda-t-elle.

Elle sortit sa jument et la mena dans la cour.

— Je suis sérieuse. Cette fois, je l'aurai !

Les deux amies avaient tout de suite compris de qui il s'agissait. Steph avait trois frères. Michael, le plus jeune, était assez calme. Alex, son jumeau, ne l'embêtait pas trop. Mais Chad, l'aîné, adorait les blagues autant qu'elle.

— Il m'a fait le vieux coup du seau d'eau sur la porte, fulminait Steph. Regardez dans quel état je suis ! Je n'ai même pas pu me changer, mes autres vêtements sont tous sales.

— Tous ? demanda Lisa, consternée.

« Steph a certainement plus qu'une vieille paire de jeans ! » songea-t-elle en attachant Barq. Elle commença à brosser Arizona, tandis que Carole lui retirait la boue des sabots.

— Eh bien…, reprit Steph en posant le tapis de selle sur sa jument, cet été, je dois m'occuper toute seule de mon linge, et parfois j'oublie. Mais, cette fois, j'ai bien pensé à lancer une énorme machine juste avant de partir. J'y ai mis les affaires de Chad, dont son nouveau T-shirt rouge, et j'ai programmé sur « chaud ».

— Mais ça veut dire…, commença Carole.

— Absolument ! s'exclama Steph, ravie. Tout son linge blanc doit être rose maintenant !

— Le coup du seau n'est pas agréable, d'accord, mais tu imagines Chad avec des sous-vêtements roses ?

— Et comment ! Il va être trop mignon !

— Tu ne l'as pas déjà fait, ça? se souvint Lisa. Tu te répètes, Steph!

Elle pensa que les habits de Steph aussi seraient roses, mais elle se garda bien de le lui faire remarquer pour ne pas l'exaspérer davantage.

— Là, c'est différent! insista Steph. Chad est censé laver son linge. Il ne pourra pas aller se plaindre aux parents, car il serait obligé d'avouer qu'il ne s'en occupe pas.

Elle fit claquer le licou d'Arizona et le passa autour de son cou.

— Des slips roses, ce n'est pas la fin du monde. Après tout ce qu'il m'a fait cet été, avec cet idiot de Marc, son meilleur copain!

Steph compta sur ses doigts:

— Un, ils ont mis de la crème Chantilly dans mes bottes. Deux, ils ont remplacé mon shampoing par de la crème au chocolat.

— Ils auraient ajouté une boule de glace, ça t'aurait fait un super dessert! plaisanta Carole.

— Trois, ils ont collé les pages de mon magazine d'équitation, continua Steph.

— C'est grave ! pouffa Lisa.

— Quatre, et c'est le pire, ils ont accroché mes culottes au mât de la piscine le jour où Phil est venu se baigner !

Phil Marsten était le petit ami de Steph. Il était lui aussi cavalier, et il allait participer au camp de la colline de l'Élan.

— Tu oublies le coup du pop-corn, lui rappela Lisa.

— C'est vrai !

La semaine précédente, Carole et Lisa avaient passé la nuit chez Steph. Marc dormait à l'étage au-dessus, dans la chambre de Chad. Les trois amies étaient dans celle de Steph quand elles avaient entendu un bruit de bagarre dans le couloir. Steph avait ouvert brusquement la porte : un drap rempli de pop-corn attaché au cadre de la porte avait déversé son contenu dans la pièce. Elles avaient mis des heures à tout nettoyer !

— Il faut établir une stratégie, décida Steph.
Il faut définir un plan de bataille, il faut…

— … Se dépêcher, la coupa Carole.

Steph éclata de rire :

— Absolument. Et par-dessus tout, il faut
que je monte !

Elle passa le mors dans la bouche de
Arizona et tira la bride vers les oreilles. La
jument rejeta brusquement la tête en arrière.

— Doucement, ma belle ! murmura Steph.

Elle recommença lentement. Lorsque la
lanière fut derrière ses oreilles, la jument se
détendit.

— Qu'est-ce qu'elle a, aujourd'hui ? s'étonna
Lisa.

— Elle doit avoir mal aux dents, dit Steph. Je
pense qu'il est temps de lui mettre les crêtes
à plat.

— Probablement, approuva Carole.

— Les crêtes à plat ? répéta Lisa, perplexe.

Elle remarqua le sourire amusé de Carole et
de Steph. «Elles savent quelque chose que

j'ignore ; mais c'est normal, je ne suis pas née dans une écurie », se dit-elle, irritée.

— Les molaires des chevaux poussent en permanence, lui expliqua Steph. Quand ils mâchent, ils se liment les dents, mais de façon irrégulière. Voilà pourquoi la bride les gêne.

— Une fois par an, les vétérinaires suppriment les aspérités, on appelle ça « mettre les crêtes à plat », ajouta Carole.

— Je comprends, dit Lisa.

— Je vais en parler à Julie, déclara Steph.

Julie Barker était la vétérinaire du Pin creux.

— Quand je lui passe la bride, elle a l'air d'avoir mal, mais après ça va, remarqua Steph. Carole, tu crois que je peux la monter aujourd'hui ?

Lisa songea avec amertume qu'on ne lui demandait jamais son avis sur les chevaux.

— Oui, répondit Carole. C'est à cause de l'anatomie de sa mâchoire qu'elle est gênée et...

— Allons-y ! l'interrompit Lisa. Max nous

attend, on va être en retard.

Lisa craignait que Carole ne se lance dans une explication interminable; elle n'était pas d'humeur à l'écouter.

Sa réaction la surprit elle-même. Carole et Steph étaient ses meilleures amies! Mais, parfois, elle trouvait vexant de ne pas en savoir autant qu'elles.

La leçon ne lui apporta que peu de réconfort. Après l'échauffement, Max leur fit faire quelques exercices: les chevaux devaient modifier la longueur de leur foulée sans changer de vitesse. Max installa des barres espacées d'environ un mètre. Les chevaux étaient censés les enjamber sans les heurter.

Puis il rapprocha les obstacles, demandant aux élèves de resserrer la foulée de leurs montures. Steph et Carole réussirent sans problème. Veronica Angelo, la peste du Pin creux, aussi, avec son super cheval Condor.

Barq y parvint sans problème, et Lisa fut fière de son passage.

Les choses se gâtèrent quand Max écarta les barres et ordonna aux cavaliers d'allonger la foulée. Barq serra le mors dans sa bouche et refusa de changer d'allure. Lisa essaya de le pousser avec ses jambes, mais il ne voulut rien savoir, alors que Diablo et Arizona passèrent sans effort.

Les sabots de Barq touchèrent toutes les barres, au désespoir de Lisa.

Il trébucha sur la dernière, et Lisa fut obligée de s'agripper à sa crinière pour rester en selle. Elle était rouge de honte.

— Ce n'est pas grave, Lisa, la rassura Max. Recommence !

La jeune fille s'exécuta, mais toutes ses tentatives furent vaines : Barq s'obstinait à ne pas obéir. Lisa était furieuse : Prancer aurait facilement allongé sa foulée et passé l'épreuve avec succès ! Pas comme cette

bourrique de court-sur-pattes de Barq !
Lisa n'était pas la plus jeune des cavalières ;
pourtant, ce jour-là, elle avait l'impression
d'être une débutante.

— Il n'y a rien de pire que de monter
mouillée ! s'exclama Steph en dessellant son
cheval. Quel crétin, ce Chad ! Je vais de ce
pas lui régler son compte !
— Tu ne peux pas, objecta Lisa. Je te rappelle que vous venez toutes les deux dormir
chez moi. Tu n'auras pas à te soucier de lui !
Steph se figea soudain et faillit lâcher sa
selle :
— Quelle horreur ! Je viens de me souvenir
que Marc passe la soirée à la maison avec
Chad !

Découvre vite la suite de cette histoire
dans
UNE BÊTISE DE TROP
N° 645 de la série

GRAND GALOP

Impression réalisée sur CAMERON par

BRODARD & TAUPIN

GROUPE CPI

*La Flèche
en juin 2002*

Imprimé en France
N° d'Éditeur : 7285 – N° d'impression : 13319